青森文化
夢魚

In memory of mom.

序

晨光，初露，大地一片乍暖還寒。風和，日麗，吹得一切樹影婆娑。

我悠悠的從酣夢醒來，然而，醒來的第一眼，就能細察妳那掩蓋於陽光中，絢爛的身影。我深呼吸了一口，盡嚐田園裏的禾稻香氣，不過，始終也比不上，妳身上那清新、謐靜的味道……

這亂世浮生，有著一副虛弱的身軀，未嘗不是一種幸福，但真正的幸福，我都認為是找到了妳，與我攜手同行，同行於這條名叫「生命」的路上……

其實，我經常的發著一個夢，一個令我過著另一種人生的夢。在夢中我有著無盡的金錢，不完的財富。其實，我時常在想，這個夢，到底是不是我對另一個世界的眷戀。然而，沒有了妳的世界，一切美好也不過是黑白的投影，那麼的虛幻，那麼的失色……

我，要是為了能夠與妳在一起，哪怕是我的生命，乃至我的一切，都能夠為了妳而一一捨棄。

窮盡一生，耗至一世，不為成功，不為財富，只為了能夠與妳一起，走到生命旅途彼岸的終點……

然後，盼望著，冀求著，下一生，哪一世，能與妳重聚。

目錄

第一章 委托

「你有聽說過『平行宇宙』嗎？」李博士問。

我笑了笑：「當然有，簡單點說，就是在另一個空間或是維度，有著另一個自己的存在。」

李博士是我中學時代的同學，而現在則成了某大學的物理學博士。至於是哪一門，哪一科，我就沒有深究下去，反正在我眼中都是一樣。不過，我知道我對「平行宇宙」的解釋和描述不過是班門弄斧。還記得那時的他，成績經常名列前茅，在運動和藝術的範疇，亦取得不少的驕績。沒想到，闊別多年，英氣依在。

他點了點頭，笑說：「你也可以這樣理解，其實『平行宇宙』來自物理學上一個叫作『多重宇宙論』的假說。意指在我們存在的宇宙之外，還有許多宇宙存在。不過，說到底，終究也不過是未經證實的假說罷了。」

我拍了拍他的肩膀，鼓勵著說：「雖未經證實，但也未被證實不存在啊，不用灰心。」

李博士搖了搖頭，示意不對。

「有趣的是，早於大約八十年前，有一個人曾聲稱能夠證實『平行宇宙』的存在呢。」說罷，他便從文件夾中找出了一張老人的照片給我看。

「哦？」李博士的話語，引起了我的好奇。

我接過他手上的照片，掃視著宣紙邊的泛黃，以及當中的黑白，這好像在向我訴說那背後的歷史故事，照片當中，有一位老人坐於木椅上。他左手拿著楞杖，右手安於大腿上，臉上露出慈祥的笑容。能夠看出，這老翁雖生於苦不堪言的年代，卻活得異常幸福。

「這就是那個聲稱能夠證實『平行宇宙』的存在的人，而這張照片是他晚年的時候照的。」李博士這樣說著。

我凝視著照片，想了想，不惑的問：「怎樣證實？」

他把頭抬高，像是在回想什麼：「他有一本日記，當中不時記載著他自己的夢……」

「然後？請說下去。」我繼續問道。

「他日記中記述的夢都很不同，很特別，有別於我們的夢。倒不如這樣，你先說說自己的夢吧。」李博士說。

「我發的每一個夢都很不同，很獨立，而且情節許多時候都不是按邏輯推演的，但在夢中並不覺得。醒來後，亦會忘記許多旁枝末節。」我回答著說。

李博士點了點頭：「正是。原因是當我們進入夢境時，腦部負責邏輯的區域並不活躍，所以才有這樣的情況。而照片中的這個人，他所發的每一個夢都很真實、很細密，而且每一個夢都是連貫的。換句話來說，就是他今天發的夢，延續著他昨天的夢，而且這樣日復一日，演繹出另一個人生。」

我怔了一怔：「你是想指出，他夢中的人生，是『平行宇宙』中的另一個自己！」

「雖然作為一個科學家，我認同『在沒有證據推論下的事情不是事實』的這句說話。不過，我的假說的確是這樣子罷了。」李博士說。

我點了點頭，予以認同：「理所當然地，作為私家偵探的我，十分明白你的想法。不過，我認為你的假說亦存在一定的意義。」說到這裏，我笑了笑：「夢中的事物，原來是『平行世界』的另一個自己嗎？好像很有意思……」

「那麼，那些所謂的『清醒夢』，你又認為是什麼呢？」我追問道。

李博士也笑了笑，卻沒有回答。他看了看手錶，站起身來：「下次再跟你討論吧。我想我是時候走了。畢竟，大學那邊還有工作呢。我找天再過來跟你敘舊吧。」

我也徐徐站了起來：「讓我送你吧。」正當我打開大門時，發現陳警長正站在門外等候。

這位是陳勝天警長，他身型魁梧，相貌堂堂，是不少可人兒的「心頭號」。可是，他卻也是一名不折不扣的工作狂人，生活裏就只有「加班」，但這也造就出一名於警隊中數一數二的菁英。

李博士掃視過陳警長，識趣的道：「我自己走便好，不妨礙你工作了。」說罷，便逕自下樓梯離去了。

我看著陳警長，詢問道：「久候了嗎？怎麼不按門鈴？」

陳警長答到：「不，其實是有一個委托人指定要找你。」

我皺起眉頭：「進來才說。」

我伸出手來，請他走進書房裏詳談。我先給他端過一杯茶，而他在道謝過後，便開始把事件的經過娓娓道來：「其實是這樣的，城中的首富希望能夠委托你一件事。」

「什麼事要找上我啊？」我笑著說。

「事情聽起來可能有些奇怪，不過的確是富翁的委托。」陳警長一邊說著，一邊從公文夾裏拿出一捆現金。

我看著那捆可觀的現金，又笑了笑說：「這樣可就變得有趣了，我不太在乎這些金錢，我反倒想聽聽那個奇怪的委托。」

陳警長喝了一口茶後，便開始說道：「有人想殺死富翁。」

聽到這個答案，我呆呆的瞪著警長。原因有一半是大事情，而另一半則因為這跟「奇怪」兩個字扯不上邊。

正當我想開口的時候，警長繼續說道：「而那個『人』是富翁他自己！」

我不惑地問道：「那就是說，富翁希望委托我去阻止他自殺？」

陳警長更正道：「並不是自殺，因為想殺他的，是夢中的自己。」

「請繼續。」我著急的說。

「其實富翁有一個很奇怪的地方，他說每天晚上不斷的發夢，而夢中好像作為另一個人而過著自己的生活一般，而如今，富翁表示那個人想殺掉他。」陳警長搖著頭說。

「他還有說些什麼嗎？例如是動機之類的。」我追問道。

「沒有了，他不肯再說其他有關的事情。其實通知我們警方的，是富翁的家人，並不是富翁他自己，所以他沒有說太多。我們正在調查富翁的精神狀況，由於我們希望他合作，而富翁的一個朋友，亦有向他介紹過你，所以我這才過來看看你怎麼樣。」警長說道。

我抬了抬下巴，想了想，發覺這個委托不單能為我帶來一筆可觀的收入，更重要的是，案情經過實在是有趣得很，而且跟李博士所說的內容不謀而合，完全沒有拒絕的理由。

是以，我立馬便答應了陳警長：「好啊！」

陳警長像是知道我在想什麼一樣，嚴聲問道：「你不會是相信富翁的瘋言瘋語吧？你知道我請你過去，只是希望你緩和一下富翁的精神狀態啊！我竟忘記你也是一個不折不扣的瘋子啊，源六道！」

我向警長報以一個微笑：「首先，邀請我的是位富翁，而不是警方；另外，如果你們真的想幫助富翁，而不是他對政府一直以來的資助，那就不要介入我的做法。」

陳警長無可奈何的搖了搖頭，長長的呼了口氣：「唉，罷了。不過，富翁希望你能夠到他的家中暫住幾天，直至一切平息。」

關於這方面，可就造成了我的一些猶豫。他的家中，我隨時都可以到訪，而且我跟他素未謀面，他何以會信任我這樣的一個陌生人呢？那就表示，富翁是急切的想得到幫助，而這亦說明了富翁身邊的人不信任他的話語。

想到這裏，我很快的答應過警長後，便穿起了一件襯衫，執拾過一些行裝便出發了。

在警長駕車的路上，我拿起放在褲袋裏的一本真皮簿子。可能是我個人喜好懷舊的原因吧，顏色和風格都喜歡選擇這類，害得我從小時候就被叫作大叔呢。這本簿紙，在我每次外出的時候都緊跟著我，為了方便整理思緒，我會把一切已知的資訊都抄錄下來，好作分析。

而如今，我一頁一頁的翻著，這才發現，原來差不多已經寫滿了……

我辦過大大小小的案件，有有趣的、詭秘的，亦有苦悶的。雖然這份工作伴隨著危險，但也可能是這種對新鮮感的嚮往造就今日的我。

果然，比起沉悶的辦公室政治，我更喜愛出外走走，希望能夠多看看這世界的神奇。

你說，人就是這樣死了，多麼的可惜。不過，也是因為死亡，教導我們珍惜和把握……

不消一會兒，我們便到了大宅的鐵閘之前。警長跟內裏的人打過照面後，車子繼續向內駛去。經過高聳的樹牆和碧綠的湖泊之後，車子終於到達大宅的門前了。

正當我們推門而進，一位看起來有著相當年紀的管家走了出來，迎接我們。這位管家的臉容雖然略顯老態，但眼神中依然能射出光芒。他一身整潔的裝束更能表現出其精神飽滿的狀態，教人好生敬畏。

「久候了。」陳警長先行打個招呼。他看了看我，便繼續跟管家說道：「這位便是源六道，源先生了。」警長語畢，我便向管家點了點頭。而管家亦向我報以一個微笑。

「相信你亦已經猜出張先生是富翁的管家了吧。這位就是張雷，張先生了。」警長接著說。

張管家依舊保持著微笑說：「源先生的事跡，我略有所聞，十分榮幸能見你。而現在，閑話不多說了，行李方面我吩咐其他人送到客房去便好了，請先跟我去見見富翁吧，畢竟，他也有些著急了。」

我點了點頭：「也好，而且我對這件事情也十分有興趣。」

陳警長轉過頭來，緊盯著我，好像咒罵自己不應該找上我這個瘋子似的。

「放心吧，我正常得很。現在，就麻煩管家你帶路了。」我笑著對陳警長說。

我跟隨管家走上樓梯，穿過一條走廊，走進一間房間，看見一個瘦弱的身影坐在床邊邊，呆呆的凝視著眼前的大魚缸。

環視過四周只覺窗明几淨，頗有脫俗清新的感覺。我再向那個白色而纖瘦的影子看去，不禁嘆了口氣。

「如果我沒有猜錯，他就是富翁了吧。」我看著管家說道。

「是的，他有時就這樣二十四小時都呆呆的看著，任憑其他人叫喚也不理睬。」管家說。

「二十四小時？他不用睡覺的嗎？」我驚訝的問道。

「不是這個問題，只是先生他一閉上眼睛就發起惡夢來，根本睡不著。唉，再這樣下去，情況會越來越差的。源先生，希望你能夠幫助他。我先出去了。」語畢，管家便轉身出去，留下我和富翁在這裏。

在這一瞬間，周遭的空氣好像凝結了起來，十分沉重。我慢慢的走到富翁身旁，打了聲招呼：「你好，我就是源六道了。」

然而，富翁對我的說話似乎並沒有在意，依然自顧自的看著那個大魚缸。

我朝那個魚缸看去，覺得十分有趣。一般來說，富有人家應該會養殖一些價值不菲的魚類，一來是希望能帶動風水，二來是藉此提高自己的身份地位，而好像富翁一般的身份，養魚實屬正常不過。但是，我從魚缸中只看到一條平常不過的小金魚。

我把我的頭貼近魚缸，好叫自己知道，好叫自己相信，那條是價值不過幾毛的小魚兒。而那條魚兒好像知道有人正在觀察著牠，所以便朝我的方向看了過來。

正當我好像發現到這條魚兒有什麼特別的時候，一把無力的聲音打破了房間原來的寂靜：「噢，你來了啦？」

我徐徐的向後轉身，由於剛才一直沒有好好打量過富翁而顯得我一臉驚訝。

富翁很瘦，瘦到連頭骨的骨架都顯露了出來，臉上的皮肉幾乎依附不住，快要掉了下來。他一邊說著，無神的兩眼繼續緩慢的四圍打滾，努力的想讓瞳孔在我的身上對焦下來。

「你還在嗎？」再一次，無力的聲音細細地被拉提起來，提醒著我，他「醒」了。

「你好，再一次自我介紹，我是你請來的源六道。」我細細說道，只怕太大聲，他承受不了。

他提起左手，輕輕的在床側拍了拍：「坐吧。」

我依照他的吩咐，慢慢的、慢慢的坐過下來，他便繼續說著：「你能幫我嗎？」

「盡我所能。」我答道。

「那你相信，人，有今生來世嗎？」富翁轉過頭來，看著我問。

我遲疑了一會兒，開口說道：「作為一個無神論者，我只相信我眼睛所能看見的。如果能夠有下一生、下一世，那就是對死亡的最大鼓勵。」

富翁繼續看著那個魚缸說道：「那就是不相信了？」

「對，因此我害怕死亡，我害怕死亡帶走我的一切，包括我的感知，以及再次活著為人感受一切的機會。不過也正因如此，我不為我所做的一切而後悔，相反地，我享受著現在每一個時刻。」我笑著說。

「但是，若然我告訴你，人，真的有下一生、下一世，而且更能體驗到，你會有什麼想法？」富翁無力的說道。

「洗耳恭聽。」我回應著。

富翁咽了一咽口水，調整過心態，便開始說道：「自小，我便能夠發夢。當然，發夢並不特別，每個人、每個生物都會發夢，這是再正常不過的。但是，我發覺，我的夢境好像帶著我，讓我重新過另一個人生一般。在夢中，不，在另一個人生中，我是一個普通而瘦弱的農夫，有著一個平凡不過的妻子，過著一個再平凡不過的人生。這個人生，就是我生活的對比，因為不想有這樣貧窮的一生，所以我這一生都在努力著，去擺脫這個夢中所給予的生活，以至我有今天這樣的成就。」

我不經意的把聲音壓低，沉穩的問道：「那個農夫，就是你的另一個人生？」

「說真的，本來我也不相信。自小，我只把它作為一個從沒有跟任何人提起的精神病，直至最近，我才意識到，原來他是我的另一個人生。」富翁說道。

「發生什麼事了？」我向富翁問道。

他徐徐的揭起薄如紙衣的衣服，好讓我細數其身上一處又一處的、大小不一的紫塊。

「那……那些是瘀血塊嗎？」我張開口，不惑的問道。

「是的，因為另一個我最近好像……好像想對我做些事……」富翁細細說道。

「那麼，你知道整件事的由來嗎？」我開始嘗試瞭解整件事背後的動機和原因。

「最近，他的想法開始……開始變得有些許奇怪，雖然我們之間的相處一直都很和平。」富翁努力的解釋著。

「也就是說，一直以來，你們都感覺得到大家之間的關係和存在？」我有些不太明白。

「對，簡單點說，就是我的精神進入了他的身體裏去，感受著他生活的一切。儘管聽起來有點匪夷所思，不過這就是我們之間的關係，亦是我開始找你的原因。而事實上，我找你的原因，不單止是因為朋友的介紹，而是你對我而言，有一種莫名的熟悉感覺，就好像在另一個世界看見過你似的。」

富翁開始回復些許精神說道。

我沉思了一會兒，苦笑著：「你的說話開始有點玄幻，偏離了常理，在我的理解範圍之外了。」

富翁搖了搖那個瘦削的頭顱：「我明白這件事聽起來是那麼的不可思議，其實也許真的是精神病也不足為奇……」

我長長的呼了口氣：「不要緊，我會盡我所能去幫助你。不過，剛才你提及，另一個的你開始有點奇怪，那是什麼意思？」

富翁好像如夢初醒一般，卻又停歇了一會，才說道：「對，我感覺到他最近害怕失去他的妻子，所以……」

「所以什麼？而且他失去妻子與否，與你沒有太大關係啊！」我追問道。

「我也不太清楚……畢竟，我們之間也不過是依靠夢境而連接在一起啊。」富翁略帶激動，顫抖著那瘦小的身軀說道。

「好吧，我看也差不多了。這樣吧，我剛好有一個朋友，他手上有相類似的例子，我可以先找他，看看有什麼頭緒吧。而你的情況，我也大概理解了。」語畢，我便準備站起來。

「好吧，也許我應該嘗試休息了。」富翁拖著疲憊的身體，一振一振的上床休息去了。

而我亦逕自走出房間，準備找李博士去。然而，在這之前，有些事情是我必須先行安排的。

其實，我下意識地感覺到，富翁知道的，應該比他說出來的還要多許多，既然他沒有說出來也是急不得的，只能慢慢調查了。哈，這樣子才來得有趣啊！

我從褲袋中掏出電話，聯絡上陳警長……

「喂，這是陳警長，你是？」另一邊的陳警長說道。

「我是源六道，我剛才跟富翁打過照面了。」我說。

「是這樣啊，那有什麼進展嗎？」

「有些許頭緒，不過還要多調查一會兒。另外，是這樣的，我希望你能夠安排一些人手，三班輪制的保護富翁安全，並且安裝幾個針孔攝錄機在富翁的房間裏吧。」為免多加誤會，我略過富翁所提及的事情。

「這個……有些許麻煩，畢竟他不是一般的身份，不過，我先去嘗試安排一下吧。」陳警長說。

「好吧，那這邊就交給你處理了。我現在要去找一個朋友，回來再說。」

我們就這樣你一言我一語的來回過後，掛斷了電話。再聯絡過李博士後，我便向管家借了輛車子駛了出去。

李博士在電話中告知我，在我到達的時候，他應該正在授課，那麼，我算是大學生嗎？哈哈，只要他不收我學費，什麼都好辦。

在到達學校後，我穿過大門，經過幾番轉折，終於都找到了那個課室。我走了進去，左顧右盼，見沒有人，便隨便找了個位置坐下來。

我看了看時鐘，距離課堂還有一段時間，我索性閉起雙眼，小休一會兒，畢竟，上課很費心神啊……

然而，在過了不知多久時間後，有兩把聲音徐徐的敲入我的腦袋。仔細一聽，原來是李博士正在授課的話語，而另一把聲音，好像是一個女生……

「醒來啊！」那把聲音不斷催促我起來。

「怎麼啦？」我迷迷糊糊的從睡夢中醒來。

「博士不喜歡同學睡覺的！」那把女聲依舊說著。

我想了想，瞇著眼睛朝那把聲音的方向看去：「沒事的，我和李博士是老相識來的……」

「嘻嘻！」她嫣然的作了一個鬼臉，笑說道：「是經常考試不合格，經重讀相見的『老相識』嗎？」

我睜開雙眼，調整過坐姿後，看見她用一對無邪的大眼睛緊盯著我，好像是好奇一般。

我苦笑著說：「你就不要再挖苦我了，你知道我倒給李博士的學費，比起將來子孫燒給我的都還要多好幾倍呢。」

她的小嘴角忍不住微微向上揚：「那是因為你都沒有子孫！我就覺得奇怪，怎麼之前都沒有見過你，原來是『大師兄』！」

我看了看黑板上的算式，再看一看她的容貌：「你是女生對吧？」

她突然眉頭緊皺，大有責備之意：「什麼鬼啊？這不是擺在面前的事實嗎？」

我朝她揮了揮手：「只是好奇而已，這不是物理課嗎？」

她搖了搖那個小腦袋瓜子，長長的呼了口氣：「唉，男生。女生就不能對物理有興趣嗎？」

「可以，當然可以！」我附和著說。

「難道只有男生可以學物理嗎？」

「不是，當然不是！」

「你知道這個世界上有多少女偉人嗎？」

「是的，你對，很對不起！」

我們之間，就這樣一唱一和，終於到了下課的時間。

「那麼，下次再見吧！大師兄！」她站了起來，準備離開課室。

「好吧，當然！」我笑說。

她收拾過桌上整齊的筆記，徐徐的站了起來，慢慢步向門口。在她將要踏出課室的一剎那，忽然掉過頭來向我問到：「師兄，你叫什麼名字呀？」

我對她突然的問題始料不及，是以扯了半天才反應過來，緩緩的搭上了嘴：「源六道。」

聽到答案後，她滿足的笑了笑：「我叫曉晴。那麼，下次再見！」語畢，她便踏著輕快的腳步離去。

「好的，當然。」我心裏默默的笑說，嘴裏卻不禁的呼了口氣……

「唉，女人……」

「源同學！你給我過來！」

我朝聲音處張望，只見李博士在喝叫著我。我走了過去，頑皮的作了個鬼臉：「怎麼了嗎？李博士。」

他拿起手上的公文夾，二話不說，便朝我頭頂打下去：「上課睡覺，四處聊天，還要胡亂發生關係！你是我教過的學生當中最差的！」

「冤枉啊大人！又不是我想聊天的……」我細細聲、無辜的說道。

「還駁嘴！你以前就是一副無所謂的樣子才經常名落孫山的！」他繼續本著老師的態度說話。

「可以了，可以了。我過來是有要事請教，請求你放過我吧……」我開始有些不耐煩。

他向我翻了個白眼，我便將富翁的事情娓娓道來。在經過大約一小時的問答後，博士最終也大概瞭解富翁的情況。

「你的意思是，另一半的富翁就是那個農夫？」博士用一種訝異的神情緊盯著我。

「根據我的理解和推測，我所認為的結果的確是這樣。」我說。

「可是，那豈不是很奇怪？富翁是現今存在的人，農夫是過去的人啊！」博士一邊踱步，一邊不解的問道。

「不會呀，首先，農夫是過去的人，他在模糊中知道有富翁的存在，是以只以平行世界稱之，又或是這種夢境穿透的能力，有一定的阻力，令到他有所誤會。反正，重點是他會透過夢境變成富翁，而富翁亦會透過夢境變成他。當然，不排除有四個人的可能性，但是，就現階段而言，我認為先處理這個猜測為妙，所以過來看看你有什麼意見沒有。」我嘗試解析清楚其中的關係。

李博士聽完，雙眼向外看去，進入了沉思的狀態……

「唔……」他在思考的時候，喉嚨總會不自覺的發出聲音。

「算了，我認為只有我們之間的討論是多餘的。始終，我們倆都沒有接觸過這種能力，所以現在也不過是空口說白話。」我向他擺了擺手，繼續說道，「我想起來了，你不是說農夫有本日記嗎？我們可以按之中的內容找到什麼吧！」

他先是轉過頭來，定睛在我的身上，應該是贊成我是次的提議，可是，很快的，他又長嘆了一聲，我立馬便意識到問題所在。

「那本日記既然這麼有研究價值，相信應該很難獲取吧。」我問道。

「不，事實上，這本日記在我的手上。因為它要在這裏被研究的原因，所以暫時交由我保管，否則，我也不會跟你提起這件事了。」他把聲音壓低輕輕的說道，生怕隔牆有耳。

「那你在猶豫什麼呢？」我皺起眉頭問道。

他揚起嘴角，突然壞笑起來：「這次你可猜不到了，原因很簡單，我肚餓了。」

我隨即看了看手錶，適才發覺原來已經接近午夜時分了。我再向李博士笑道：「老師，看來這次的留堂，有些許過火了，不如你請我吃一頓飯，我就不追究了！」

李博士向我翻了一個白眼：「再說就見你家長！」

我一邊笑著，一邊搖了搖手，以示投降：「好了，你快收拾過東西，我們立即去食晚飯吧！」

在一切準備就緒、將要出發的時候，我的手機鈴聲突然幽幽地響起……

不知怎地，午夜時分的來電，總讓我覺得心情忐忑，有一種不大好的感覺，尤其是，當我從褲袋中掏出手機看見來電聯絡是陳警長的時候……

「喂，這裏是……」我話音未落，另一邊的陳警長已經打斷了我。

「出事了！」

夜闌，人靜……

輕聲泛黃的街道，彷似未經顯影的底片，生怕被搶去那流著美麗的色彩。

默不出聲，默不出聲……也是怕提起別人，這才是你真正留著的原貌……

這夜，涼風習習，似乎一切顯得比往日更為寧靜。

星月迷人，勝在朦朧似幻。一雙瘦弱蒼老的手徐徐舉起，放於月兒之下，似是想捉住什麼。

慢慢的，慢慢的向著桌邊移動……

驀地，一用力，一緊握，這雙手拿起刀子，二話不說就向自己身體的肚子刺去。

「啊！」

「噓，別吵……」

很快，很快就好了。

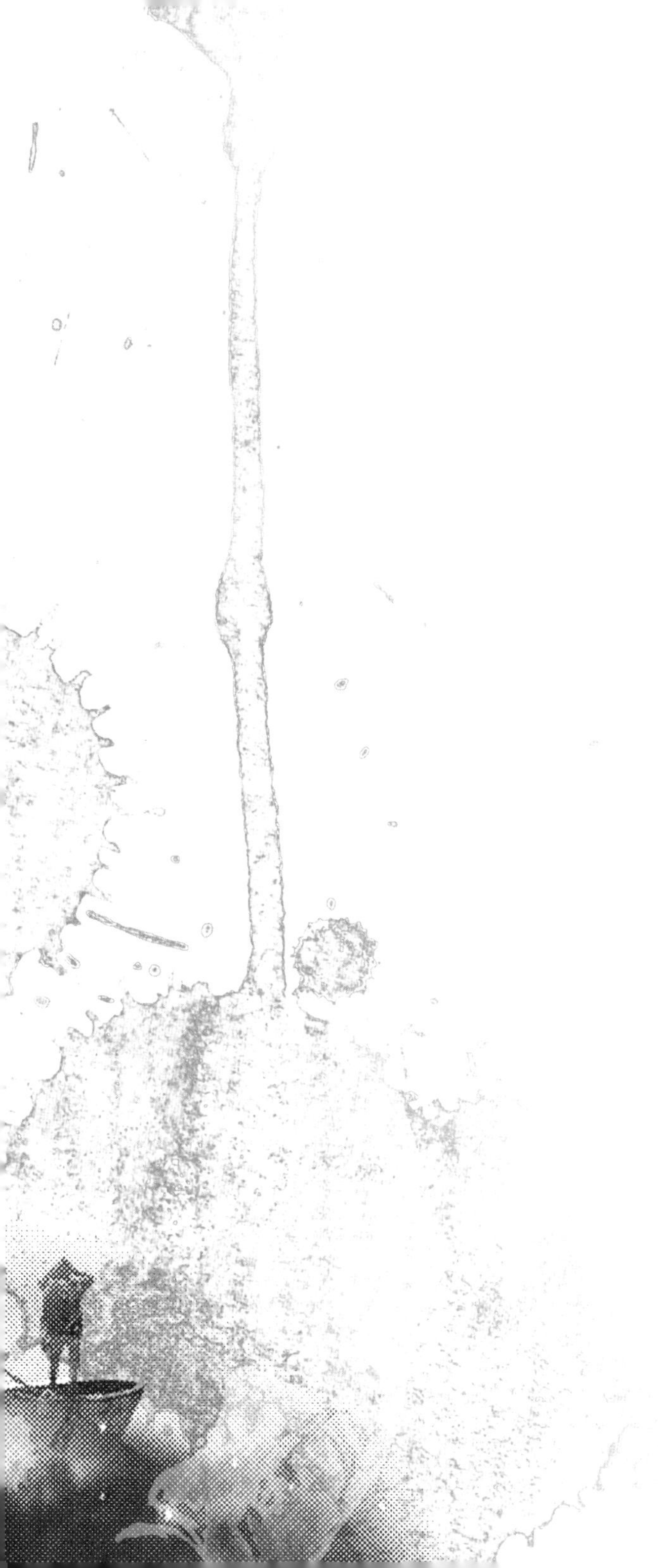

第二章

恐嚇

「沙……沙沙沙……」

凌晨的窗外開始下起了細雨，本該是寧靜安穩的深夜，此刻卻是充斥著不安與忐忑。

「還沒有到醫院嗎？」李博士著急的問司機。

司機不滿的「嘖」了一聲：「問夠了沒有，已經開得很快了，要不然，你要來當司機嗎？」

我拍了拍李博士的肩膀，說道：「算了，著急也是於事無補。要發生的遲早還是發生了，我們也改變不了什麼。」

他睜眼看著我，像是不支持我的說法一樣，坐直了身子說：「如果能夠早一點到達現場，說不定還能留下什麼蛛絲馬跡，最壞的情況是，說不定富翁在我們趕到之前就死掉了。」

我看了看窗外空洞的街道，再看了看車上的時速錶，苦笑了一聲：「算了，過去了再說吧……」

博士轉過頭去，也不想再辯駁什麼。

一下車，只見得燈火通明，人聲沸騰。警察和記者相互擾攘，弄得本在養病的病人也探出頭來，看個究竟。

我們穿過人群，急步走上二樓，直去信息上所告知的房間。正當我想轉開門把走進去的時候，一名警員從後拉住了我：「喂！上頭有令，閑雜人等不許進出。你們兩個是想作什麼？」

我上下打量這位警員，細聲說道：「不好意思，探病的。」

他大聲嚷道：「登記了沒有？你知道我們正在查案嗎？你還不趕快離開，小心我把你帶回去。」

李博士突然走出來說：「你知道他是誰嗎？他就是你們請回來協助調……」

語聲未落，我便立馬從旁伸出手來捂著他的嘴巴。

畢竟，暴露身份不論是對警方或是對我自己而言，都是十分不明智的抉擇。更何況，這附近還有這麼多的記者朋友。

我放開了那隻手掌，看著那警員說：「對不起，你就不能通融一次，讓我們拿一次獨家頭條嗎？這年頭競爭激烈啊。」說罷，我便準備從袋子裏掏出錢包來。

他遲疑了一下，正當想說話的時候，病房裏突然傳出富翁的呻吟：「啊！啊！不要啊！不要過來啊！」

沒有絲毫的猶疑，我一腳便把房門踢開，「碰」！

除了一聲巨響，我只見到有幾名警察，圍著一個躺在病床上的瘦弱老翁。毫無疑問，那正是富翁，我再一次橫掃房間，發覺原來其中一名警員正是陳警長。正當我想問個究竟的時候，剛才門外的那名值班警員已經從後把我鎖住，準備把我扣起來。

我左腳一掃，隨著右肩一橫，反過來把他放在地上。我對他報以一個微笑：「對不起，習慣了。」

此時陳警長走出來說道：「好吧，停手了。」他再向那名倒地的警員說明：「他不是什麼可疑人物，是我的朋友，這次算我的。」

我放開手來，讓那名警員站起來。他一臉不滿，徐徐的致敬過後，便逕自離開房間了。

我朝走廊方向大聲道歉過後，向警長問道：「怎麼了？」

警長打量過李博士後，作了個手勢示意其他警員離開，便開始娓娓道來：「是這樣的，今天晚上，一切原本是安好的，在凌晨一時左右，我安排完人手之後，便走去休息了。但是，在大約兩時半左右，富翁的房間突然傳來叫喊聲，我便立即衝過去。到達後，就只看見富翁的肚皮上插著一把刀子。就當時的情況而言，窗子是被緊鎖的，門外兩名警員也表示未有見到任何可疑人物。不過，我已經安排人手分析現場情況了。」

隨後，他再看著病床上睡著的富翁繼續說：「然後，他就被送來醫院了。也不知道那些記者是從何渠道得來消息，這麼快就湧過來。」

「那麼，剛才的叫聲是？」我問。

「自從富翁被送來醫院之後，就會不時叫喊出這些夢話。」陳警長試著說。

「夢話？」我不惑的問道。

「對，照醫生的說法，富翁自從受傷送過來之後，他的大腦一直顯示他處於睡眠的狀態，只不過頻率不時會過高。」警長試著解釋說。

我轉過去看著李博士笑說：「嘿，你不是博士嗎？可以解釋一下嗎？」

李博士苦笑一聲：「唉，我只是個單純而平庸的物理學家而已啊，專業意見，你還是去問醫生吧……」

警長「哦」了一聲說：「原來這位就是上次的李博士嗎，也難怪他找你過來。」

未知是否兩者的性格合不來，在經過一個簡短的自我介紹後，一切顯得有點別扭。不過，雙方總算對彼此多了認識。

「所以說，你是來進行你的研究的？」陳警長對李博士問道。

「不要這樣說，我相信警方也需要我對這方面的專業知識去調查案件。」李博士強硬回應。

「如果你是過來研究的，那就請你不要留在這裏。而且我相信警方中亦不缺人才調查這次的案件！」警長開始不耐煩的說。

我看著他們兩個像小孩子般吵架，差點沒笑出來。說真的，兩個都是我從小的好朋友，也不知道為什麼一碰面就水火不容。

「嘿，算了吧。再這樣吵下去也沒有意思的啊，反倒不如有什麼結果或意見趁現在提出來，讓事情早早結束吧。」我嘗試充當「和事佬」的角色。

博士聽完我的說話後，沉思了幾秒，然後說道：「不如我們先到富翁的家中，看看有什麼線索吧。」

警長沒好氣的說：「你可別弄壞了現場的線索才好！」

他們這樣有完沒完，我害怕這件事情永遠也找不到結局。是以，我嘗試說服警長說道：「這樣吧，富翁目前的情況還不穩定，倒不如你留在這裏觀察富翁的狀況，而我就和博士到富翁家中尋找線索吧。」

正當警長準備破口大罵的時候，我立馬截斷他的說話：「我絕對不會讓他破壞現場任何東西的！」說罷，我便推著博士走出去，不讓警長有說話的機會了。

出了醫院大門之後，我再次租了一輛車，便趕到富翁的大宅。

沿路當然也少不了李博士對我的抱怨和嘮叨，像是怎麼會認識警長這樣的朋友雲雲。聽了過後，我也只是輕輕一笑，唯唯諾諾的點頭說笑。

經過一段時間後，我們終於到達了富翁的豪宅。

我伸個懶腰，打著呵欠說道：「走吧！」

順著一整排木樓梯而上，我們走進了富翁的睡房。當走進房間，就看見地上一灘又一灘的血跡伸延至床下。毫無疑問，這些血跡應該就是富翁肚子上的傷口所流出的。

坦白說，以富翁這樣瘦弱的身子來講，失血這麼多，能撿回這條命也算是不幸中的大幸了。

我小心翼翼的從大門，一步一步跨過血跡，慢慢走到窗台前，便看見一堆凌亂的文件，其中夾著一柄沾有血跡的開信刀。初步估計，這理應就是割開富翁肚皮的利器了。

我再戴上手套，輕輕的觸摸了窗戶，亦正如我所估計的一樣，窗戶是被鎖緊的。也就是說，先排除夢中行兇這個假設，富翁受到的威脅只能從門外進來，但是，由於門外有警員巡邏，所以這個可能性較低，即便是富翁認識的人。另一個可能性就是兇手早已躲藏在睡房之內，到富翁入睡的時候走出來行兇，再從大門出去。當然，在警員離去之前要先躲藏起來。但是，由於不能從窗戶逃走，警員亦會搜索這片範圍，是以，這個假設亦可以忽略。

那麼，最後就只餘下一個可能性，就是富翁自己拿刀子刺向自己。可是，他又為什麼要這麼做呢？看來要等到富翁醒來才知道答案了。

正當我在考究這一切背後的動機和線索時，李博士突然叫住了我：「喂，偵探大師，可以過來看一下嗎？」

我朝他說話的方向看過去，差點沒有暈倒，因為我看見他正在大舉翻抄睡房中的每一個櫃子！

「天呀！你在幹什麼，快點停下來好嗎？」我半喝半罵著。

「你先看完我手上這東西再說吧。」博士一臉神氣的跟我說著。

我長長的呼了口氣，把他手上的書本拿了過來，徐徐翻閱了幾頁，只見到頁面上除了日期，便什麼都沒有了。那麼說，這應該就是富翁的日記吧。

博士隨後繼續跟我說道：「其實，你看看這邊的位置，就能夠發現到多幾本的日記。看來，他這個習慣維持了好一段時間。」

我沒有理會博士的說話，環視房間四周，看似沒有其他什麼特別的線索，便把這幾本日記帶回客房閱讀，說不定能看出什麼端倪。

關上門，我找了個舒適的位置，靜下心來慢慢閱讀富翁的日記。

我隨手拿起一本外皮早已發黃的日記，看來是富翁童年時代所寫的。在一開始，富翁的童年與一般的小孩無異，他不過也只是接受著最普通的教育和指導，然而，當再繼續看下去的時候……

心裏止不住的發癢……

因為，原來富翁在很小的時候，就經已會記錄下發夢，相遇著農夫。雖然，富翁跟我提及過大概，但看著日記的時候，也不自然地有一種寓意。

日記中提及，也是因為農夫的這一種生活，令到富翁感恩自己生活的美好，做其所想而成功。

如果我是農夫，看見他這麼寫我，想必也是百感交集……

經過數小時的閱讀後，我終於也了結了富翁的日記。可是，在看完富翁的日記後，我也終究明白到富翁現時情況的危險。

在富翁早期的日記中，不時也能看見他和農夫之間的和諧。然而，到了最近的日記記錄，差不多都是說他如何強迫自己不去睡著。

自日記那一天的開始，他便沒有再描述過農夫的事了……

我立馬收好日記，準備出去的時候，看見張管家正站在房外。

他看了我一眼，呼了一口氣道：「源先生，我知道你已經好幾小時沒有休息過了，要不吃點東西再走吧！」

我苦笑了一聲：「沒事，我現在精神得很，反倒我很擔心富翁的情況……」

張管家微笑著說：「剛才警長打過電話來，說他暫時沒有大礙，而警長亦已經加排人手看護，所以不用擔心了。」

緊鎖的肩膀突然之間輕鬆了下來，我慵懶的回應著：「好吧，我也好久沒有好好睡上一覺了。咦，李博士呢？」

「他說看見你把自己鎖上了，就知道你又要進入工作狂人的狀態了，所以一早就回去了，並且告訴你有什麼消息可以再聯絡他。」管家笑說。

「嘿……」我也只能夠報以一個不好意思的笑容，「沒辦法，這壞習慣從小就培養起，一旦認真起來就六親不認了，哈哈！」

「咕咕……」說著說著，我的肚子不爭氣的發出叫聲來……

管家聽著，笑說：「源先生你就先休息一下吧，醒來我會準備好食物的。」

「那就有勞了。」

說罷，管家便自顧自的走了去，而我關上房門後，打通了一則電話……

「喂，源六道嗎？找我有什麼事？」電話裏頭另一側的女聲說。

「是這樣的，富翁入院的事情你應該知道了吧？」

經過一段時間的描述和解釋後，她明白了我的意思。

對了，忘了她的介紹。她叫莊琳，是我以前處理案件所認識的超自然學家，曾經幫助我解開了許多不解之謎。抱著對超自然的濃厚興趣，她為人略帶神經，不過大多時候也是挺有趣的。

「可以，這麼正點的案件就交給我吧！哈哈，這下有趣了！」她笑說。

「那就拜託你了，有什麼發現，再找我吧！」說完，我便拖著疲倦的身軀到床上大睡了。

未知過了多久，我悠悠的從酣夢中睡來，整理過衣服便到大廳裏享用膳食。

管家從廚房處端出一碟鮮美多汁的肉排，向我說道：「請慢用。」

我拿起餐具、準備大快朵頤的時候，只見管家依舊站在那邊，若有所思的看著我，似是有些話說不出口。

我放下餐具，笑問：「不用覺得尷尬，你想知道的便問個明白吧。」

管家坦言：「對，雖然我知道這些事情我是不應該知道的，可是一來出於關心，二來出於好奇，所以……」

我本著是次的機會，也打算打探一下有關富翁平日的生活狀況，看著會否對案件有點幫助。可是，富翁的生活習慣也沒有什麼特別，而在提到那本日記的時候，管家的神情就開始出現變化了。

「你找到富翁的日記了嗎？」管家問到。

「是的。」

「那麼，內裏是不是都記下了有關他發夢的事？」

聽完這句說話，我不禁怔了一怔：「是的，你是怎麼知道的？」

管家深吸了一口氣：「其實在他大約三四歲的時候，經已有這個問題出現，當時他的父母不以為然，便隨便找了一些心理醫生，作一些簡單的輔導，而醫生得知富翁有這樣的情況後，便建議富翁以日記形式寫下夢裏的境況，而這一寫，就是好幾十年了。」

我低下頭來，沉思了一會兒，開始自顧自的傻笑起來：「哈哈！哈哈！太巧合了！」

管家一臉不惑的看著我：「什麼巧合？」

「回想起當天，你不是在我家中提及早在一個世紀前，有個農夫曾經有一本日記，描寫著另一個夢境，另一個人生。」

「毫無疑問，富翁所通連的夢境，就是農夫的人生，反之亦然。可是，農夫的動機又是什麼呢？」

我看著管家，沒有回答，只是輕輕的搖了搖頭。快快的用過膳食後，我便到醫院找富翁問話去了。

當我到達醫院，踏入的一剎那，站在一旁的陳警長和醫生立刻就用力把門關上。我想問個究竟的時候，轉過頭來，便看見富翁已經筆直的坐立了起來。

本來我還想鬆一口氣，打算走過去開兩句玩笑，富翁卻先說話了：「……」

「什麼？」一開始的時候，我以為是我沒聽到。

「……邦，利花夫……」富翁繼續說道。

「不好意思，我沒聽懂。」我嘗試回應著。

「烏利夫，苹利邦花夫……」富翁看似是沒有理會我的意思。

就這樣你一言我一語，經過了一段時間後，我終究也聽得出，富翁所說的，好像是某一處的方言，曾經好像因為要查找相關資料而有所印象，可是，為什麼會這樣呢？

我轉過頭去問陳警長，而他也只是無可奈何的搖了搖頭：「其實我也不太清楚，只知道他就這樣坐起來，突然瞪大眼，就開始用不知道是什麼的語言自言自語了。」

再向富翁處看去，我這才發現他的手與病床經已連接上手銬，應該是警長他們怕富翁起來做傻事吧。

「而且，他起來之後不斷用力地捶打自己的胸，所以我們才出此下策。」警長注意到我正觀察的地方，是以解釋道。

醫生在這時候走出來說：「電腦顯示，富翁的腦電波現在處於極度活躍的狀態，可能是因為受傷而引起的副作用，看來暫時都會維持這個樣子了。」

我對醫生的說話不以為然，隨便的回應過兩句，便陷入了沉思的狀態。

除去受傷的因素不說，我認為可以先假定富翁之所以變成這樣是因為農夫，要不就是他們倆之間正在吵罵，要不就是農夫正在說話。但是，不論就哪一個情況而言，對富翁來說都不樂觀。然而，我又能怎麼樣呢？

富翁越說越大聲，越來越激動，更不時用手腕大力扯動手銬以致發出「咔咔」的聲音。

未幾，富翁的行為越加升級，開始大聲嚎叫，抖動更是越發激烈。

「啊！啊！」伴隨著戰嚎一般的咆哮，那對瘦弱的雙手忽地有如困在籠中的猛虎，不斷用力的撞擊鐵籠，恨不得把在場的每個人都殺掉一樣……

富翁越來越起勁，手銬的位置開始因用力過度而出現血水，在血液的潤滑下，他嘗試掙脫了手銬。

驀地，鐵籠一鬆，猛虎怒奔而出。我和警長立馬暖身捉住富翁的身軀，一下子就把他按倒在床上，竭力制止他瘋狂的行為。

「我們不能讓他繼續這樣下去！快想辦法！」警長死力的說。

我思前想後，多種靈光在我腦中迅速閃現，情急之下，唯有這樣了。我運力成掌，在富翁的脖子和肩膀之間，用力的敲了下去，使其昏暈……

「對不起了。」

我閉上眼睛，聆聽著那靈魂深處的期許，細嘗著周遭的恬靜，靜聽著屬於自然的細語……

我張開眼睛，仿似見到金銀色的稻田與和煦的陽光相互輝映，捉住你的小手兒，共享著這無價的佳作……

我再次閉上眼睛，回想起這勞碌一生，爬過峻嶺高山，跨過星辰大海，也是足夠了……

我再次張開眼睛，對這陌生又熟識的地方，不期然的留下了眷戀，特別是在我旁邊的這一位女人，一位我從未見過的女人……

戎馬半生，難道只為傾城一笑？

不！不！

我強迫自己，緊鎖眉頭，不要再去張望，不要再去窺探不屬於自己的地方……

第三章 日記

6月5日，晴

今天，是我第一次寫日記。雖然字我不太會寫，但擁有能夠留著你在身邊的每一刻，便夠了。

妳說你希望我多懂得一兩個字，所以讓我寫日記。我跟妳說，我只會做一些粗活，字的話，我不懂。妳又說，我不會不要緊，妳會慢慢教。

我時常想，前一生的我，一定是一個億萬富翁，而且死前把財產都捐了出去，這才能遇見了你。

字不懂，其實不要緊，我只想懂妳。

6月6日，晴

今天一早，我用過妳做的早餐之後，便急急忙忙的下田耕作。這個月份，太陽很猛烈，所以能夠有更新鮮的收成。其實，一年裏就只有這個月份能夠這樣，所以我一定要勤加下田，要不然，那些農作物就有機會被曬死。這麼一來，不能賣錢，又要餓著肚皮，為了妳，再辛苦，也是值得的。

6月7日，晴

這天的天氣很好，熱到我幾乎暈了過去。其實我真的不想讓你認為我下田耕作是件辛苦的事。因為我知道你一定會不顧自己的身體，幫我下田收成。好比今天一樣，你過來幫我抹汗擦身，更有試想下田幫我工作。坦白說，我知道自己不是很能幹，提及智慧有可能遠不如你，但是我都希望能夠承擔起照顧你的一切。如果可以，當然我也想好像夢中的億萬富翁一樣，給你所想要的一切，所以我只能透過不斷工作收成賺錢，給你所想要的東西，而不是讓你看見我的辛苦。

我只是一個普普通通的丈夫，想簡簡單單的讓自己老婆幸福。

6月8日，陰

乾曬了這麼長時間，看這天氣，終於差不多要到雨季了，幸好這段時間所引的水都勉強足夠，能夠把田土泡軟，不然就沒有收成了。趁著這兩天，我趕緊把田裏的作物收成，以免下起雨來，它們都被泡爛了。我記得在小時候，父親跟我說過，這邊的地區夏天的雨水較多，所以應該要起田畦種植。我們家族沒什麼了不起，唯一比較懂的東西可能就是耕作，而我希望能依著這點兒的長處，帶給你應有的幸福。

6月9日，雨

今天，暴雨不停，所以我十分害怕農作物的情況。我走過整片農田，把能夠收成的作物都先收回來，其餘的就只好先搭建一個臨時雨棚，以防暴風雨吹爛我的作物。連續不停的在暴雨環境下工作，我真的已經很累很累了……

多謝你，依然願意繼續留在我的身邊，更願意哄我開心。

你說：「你是不是很累啊？」「不是，當然不是！」「可是看著你，就感覺到你不太開心呢！」「不是，我真的沒有很累，這樣吧，要不你哄哄我？」

妳傻笑了兩聲：「嘻嘻，讓我給你講個故事吧！」

「當然可以！」

妳鼓起兩腮，一臉認真的說道：「從前……有三隻豬……有一隻狼……然後……就完結了啊！」

嘿嘿，多謝妳，這是我聽過最甜最開心的故事……

妳真的很可愛……

6月10日，晴

其實從小開始，我不時會發夢，就好像過著另一個人生一樣。一個完全不一樣的、能夠呼風喚雨的人生。

如果，夢境裏頭的富翁就是我自己，那就非常的美好了。妳所想要的，我都能夠輕鬆給妳。雖然，妳常說，能夠這樣簡簡單單的生活下去，也足夠了。可是，依靠我這一副瘦弱的身軀以及那些作物微薄的收入，我覺得真的委屈了妳。

只可惜，我並不是夢中的那個富翁……

6月11日，晴

昨天晚上，我又發起了那個富翁的夢。許多時候，我都不太明白，為什麼好像富翁一樣富有，反而會過得不太開心。雖然我是一無所有，但正因如此，我更享受眼前的這一片金稻田園，更珍惜和妳在一起的每分每秒。

原先我對富翁這個夢也說不上是在意，但最近連日來不間斷發關於富翁的夢，就好像一睡著，就進入富翁的人生一樣，令我心煩。

6月12日，雲

自今天，我跟你提起那個夢的事，你說不希望我想太多，所以，我們吵架了……

6月13日，雨

忙了一整天，累到一坐下便能睡著，但是，我也希望先完成今天的日記，因為我想記錄著我對妳每一點的感覺，這樣，即使我老了，癡呆了，也不會忘記、失去對你的感覺。

也許，你是對的。在我忙了一整天，把所有精神專注在工作紙上，就能忘記有關富翁的所有東西了吧！反正想深一層，他所有的東西，的確是能呼風喚雨，但若然比起你傾城的美貌，那都是多餘的。

天色，因為雨雲的錯誤，而變得暗淡起來。輕看窗前細雨，不自禁的舉起雙手，抓了一把雨水，祈求今夜以後，能夠還我安靜……

6月14日，雨

下了兩天的雨，下田的工作顯得比以往更加辛苦。但是這一份的辛苦，卻再提醒我，這是我為了妳工作下去的動力，雖然我的身體有點疲累，但我的心靈卻得到莫大的滿足。

知道我辛苦的妳，每天晚上也會特別炖一碗熱茶給我去疲勞。妳常說，先煮茶取濃汁，去過茶渣，再入粳米、白糖，加入水後，同煮為稀稠粥，每日兩次，溫熱服食，就能夠去除疲勞。

雖然每次都聽得我一頭霧水，喝下去的時候，也不太合我口味，可是心裏卻很甜。

傻瓜，只要跟妳在一起，粗茶淡飯，也是我的去疲勞茶。

妳跟我說，昨天妳夢見自己成為金魚。在魚缸中游啊游啊，有點累人呢！

6月15日，晴

今天不用處理田裏的工作，趁機陪你到城裏走一趟。說實在，城裏有許多東西我也是聞所未聞。到處都是好玩的、新奇的東西。

一大早，我們在家裏吃過幾塊培根和雞蛋過後，便手拖手出發了。在路上，妳問為什麼要拖這麼緊，我說因為怕妳走了再也不回來，妳說妳懂回家的路，我說妳走掉了，找不到家的，是我……

一路上蜜意滿承，到了城裏後，你似是老鼠一般，四處亂逛，這個可愛，那個有趣的。你拖著我的手，首先進入了一間滿是飾品的店鋪，我睜眼四望，只見滿是木牛銅馬，當中還有些我說不出的雕像。你似是小孩一般，雙目緊盯，定睛看著一個白色的金魚瓦瓷。看著妳那汪洋般的大眼睛，我也只好掏出錢包，清個乾淨，只為看見妳純真的笑容。

玩了一整天，也吃過些奇怪的東西，就起程回家了。豈料，在回家的路上卻看見了一隻受傷的小狗。至於後來怎樣，相信也不用多提及了，因為妳現在就抱著小狗，拿著他的腿來挑逗我寫日記啊。

嘿，如果說妳是上天派來的天使，我只希望成為妳的翅膀，陪妳一起飛翔。

6月16日，晴

昨天的紙片，聽人家說好像是叫作照片。我剛下田工作完，就剛好看見妳從城裏回來，拿著昨天的照片舉在空中，凝視了好一段時間。為什麼對著這些新奇的東西，你總能顯得像一個天真的小孩一般，總教我有一種蜜意甜出心頭。

不知妳從何處聽說，城內最近來了一部西方的新玩意，這個東西能夠把當下的環境捕捉，經過一些我不太知道的動作，便能夠在紙片上將其烙印下來。不過，我也曾聽說過，這東西也會勾走別人的靈魂，哈哈，這也不要緊，因為我的靈魂早就被妳收走了！既然妳想去看個究竟，我也沒有不去的理由啊。

6月17日，晴

今天，當我整理好收成，準備拿出去販賣的時候，有一個從未見過的陌生人走過來，把我的扁擔全部都撞散了。幸好，他也願意幫我收拾好，讓我好好的拾回那些作物。

不過，不知為什麼，那位陌生人的面孔我從未見過，可是卻有一種似曾相識的感覺。

對了，就好像在某些時間和地點，在做一件事情的時候，會突然覺得當下在做的事情，好像曾經發生過一樣。

就好比我小時候在上課的時間睡覺，會突然驚覺，同樣的地點、同樣的事情，我好像經歷過一般。

不知道會否與富翁的夢境有所關係呢？有時候，我會害怕我現在經歷的人生，會否只是富翁的一場夢……

另一邊的觸感，也是那麼的真實，那麼的舒服。

我其實真的很害怕，要是，這一切都是毫無意義的，我該怎麼辦？

6月18日，晴

我不想繼續瞞騙自己，隨著時間的推移，富翁的夢境並沒有消去，反倒是越提醒自己不要去想這件事的時候，腦子裏對這件事的印象卻越加深刻。最近，精神都開始恍惚起來，這兩天不斷拔起還未成熟的作物，澆過的水，在不經意間又多澆了幾次。

長此下去，不論對我的心理或是生理而言，都有很大的破壞……

然而，我卻很好奇，為什麼富翁能夠這樣壓抑自己而不要去想類似的事情呢？當然，我也是多虧了富翁才使我的文化水平有所提升，但是作為他的「同夢者」，我知道我的存在對他而言也是一個極大的困擾。所以我認為，我們應該要找出一個解決方法……

不是你死，便是我活……

6月19日，晴

徹夜未眠，一來是因為已經厭倦了發夢，二來是我終於想到了一個方法，可能解決到我現在的問題。在我的住所附近，西行幾里，有一間小型寺廟，就是我小時候經常去的那間，破破爛爛的紅磚，色彩繽紛，印著各種神鬼的圓頂天花。沒想到的是經過了這麼多年的歲月，物事依舊。

明天一早，我就出發去找那位祭司，希望他可以幫我脫離困境。

6月20日，晴

有關於我到菜市場找老闆買菜的事，恐怕不能讓我的伴侶知道。妳總是認為我正正常常的，去那地方幹什麼？不過，為了解決我的問題，以及緩和我們之間的關係，即使妳認為那些地方是歪門邪道也好，無稽的神鬼之說也好，我也要過去一趟。

今天到過菜檔的時候，我跟老闆說明我的要求，他查過賬本和紀錄，知悉原來在我很小很小的時候，我的家人曾經帶我過來下過訂，所以老闆說對於我的要求會儘量幫我安排。

那麼，現在的我就只好慢慢等待了⋯⋯

6月21日，雨

每次醒來，我細看自己雙手的皺紋，輕撫自己的臉龐，那種細膩真切的觸感，令我倍加懷疑自己的人生。有時候，我想用盡這奢華的一切，但妳還有這片未知而新奇的世界；有時候，我卻想跟你簡簡單單的安坐在金色稻田裏，享受著這亂世浮生中，最後一點的平凡，牽著你手，度過這餘下的人生。

我真的很困惑，到底我的存在，是值得，還是不值得？

6月22日，晴

昨天中午，菜市場的老闆派了一個孩童過來，偷偷的跟我說所要求的訂單經已完成，今天可以過去知道結果了。然而，我今天過去，所聽到的結論是頗為驚人的……

老闆說，現在有兩顆不盡相同、但是又有所關連的菜，因為有一株他稱之為眾的根引致兩顆菜相連在一起。按正常的邏輯去思考，兩者表面應該是互不相干的。但是，卻因為某種原因，出現了偏向性。就例如說，我這邊稱為農夫生菜，而另一邊稱作富翁生菜，當陽光早上照到我們的時候，我們兩株各不相同卻又唇齒相依的生菜會互相競爭來自陽光的生命力，力求自己的生存。

在理論上，兩顆植物其實均可以生存，可是會生長得非常不健康……

老闆說，辦法有兩個，一是斷根，一是除掉其中一顆……

而且，老闆更是跟我提及，原來在我還很小的時候，我的家人曾經帶我過來打好關係，希望日後的我可以一帆風順。而現在卻麻煩了……

6月23日，雨

今天我在田裏忙了一整天，不禁感到無比心煩。我知道，不論富翁還是我都不太願意被捲入這般的麻煩事之中，可能這就是命運的安排吧。我感到富翁也同樣覺得無奈，可是長久這樣下去，不論是誰也都會被逼瘋的……

剛下田回來，想說希望能看看妳的身影，給一點可以支持我的動力……

說實在，妳是我唯一想同偕白首的冀許，即使我走過多少浮華大地，也勝不過有妳存在的窮鄉僻壤……

可是，今天的妳對我有一種愛理不理的感覺，我問了妳很長時間，妳始終也沒有說些什麼。

6月24日，晴

今天的妳開始煩躁起來，不論我做些什麼，妳總好像看不順眼似的。

為了避開這種情況，我選擇長時間到田裏工作，或者說是待著，到深夜妳睡著了的時候才回來。

傻瓜，這麼大個人，被子還蓋不好嗎？

6月25日，晴

今天早上，我看見妳獨自坐在窗前，沉默不語。從前，妳都是有要事的時候才會這樣自己靜靜一個人。我走上前去，問個究竟，終究也是因為富翁的那件事情，因為妳覺得作為一個農夫去菜市場買菜很是荒謬。

妳說，很想告訴我，富翁的事情全都是我自己的妄想。可是，妳知道那種感覺嗎？每一天醒來，我都一再提醒自己是一個農夫，是妳的伴侶，可是，我不時會走神，所做過的事就似無經歷過一樣，因為長久這樣，我會懷疑自己的存在，妳明白嗎？

當然如果妳能夠繼續陪伴著我是個夢，那就讓它繼續下去吧……

6月26日，雨

昨天晚上，我們因為富翁的事而吵架了。

今天早上，妳因為富翁的事離我而去了。

妳說，我不能再這樣下去。我說，我又能怎麼辦呢？

6月27日，雨

嘿，對不起，我知道錯了，我以後再也不提起那個夢了，好嗎？

6月28日，雨

昨天晚上，我終究不再夢見富翁，而是變成一條金魚，與妳一同在一個魚缸內暢游……

6月29日，雨

這平凡的一生，也許，我羨慕他的作為，我沒有金錢、沒有財富、不是權貴。直至，直至我遇見你。

傾盡一切，只為希望能夠挽著你手，望著你那一個艷麗的笑容，襯托得陽光也暗淡。

如果，心願是靈驗的，我只冀望可以轉身問妳：「Pueds desde mis pėquēnos ojos descubre que quiero tus expectatioas? Ya sea esta vida, o la próxina vida jc puedes ser mi novia? 妳可以讓我挽著妳手，讓兩條魚兒笑著到老嗎？」

6月30日，雨

嘿，沒有了妳，我找不到家。

回家吧，好嗎？

第四章
金魚

經過一場爭鬥後，我隨便找了把椅子坐下來：「呼，雖然是粗暴了些，但為免他做傻事，也只能這樣了吧。」

陳警長默默的看著富翁，輕輕的點了點頭。看來他也認為在如此情況，這是比較好的方法。

其實接觸這宗案件這麼久以來，有一件事令我挺在意的，所以我開口問到：「怎麼不見他的家人呢？不是傳言他有許多緋聞女友，或是私生子之類的嗎？說得難聽一點，他家財萬貫，萬一與世長辭，誰來繼承這一筆巨額資金。我知道我這樣說很不應該，但作這樣的考慮是必須的。」

警長聽完我的說話之後，深思了一會兒，正當他想開口說話時，背後突然傳來一把熟悉的聲音說到：「不好意思，我在門外不小心聽到你們的交談。或許，這個問題由我來解答會比較好。」

我和警長幾乎同一時間看過去，適才發覺原來是富翁的管家。他脫下頭上的禮帽，露出一頭銀色的白髮，他整理好自己後，在富翁一旁坐了下來。

他開始說道：「其實富翁沒有那些所謂的女朋友，也沒有那些所謂的私生子。當然，以富翁的年紀，他的雙親亦已經不在人世。而源先生提及的問題，我亦曾經考慮過，所以我也問過富翁的感情生活。他說他曾經遇過幾個女生，本來感覺還不錯，可是他說心裏總有一些不太適當的感覺，就好像……好像他心裏早已有另一個人似的……」

我笑說：「有錢人的脾氣都這樣嗎？」

管家立馬搖頭說道：「不，絕對不是這個意思。他經常說心裏經常想著一個人，一個他從來未見過、但有點感覺的女人。」

我不惑地皺起眉頭：「哦？什麼……」

語未畢，我褲袋裏的電話鈴聲突然響起，掏出來一看，原來是我以前所拜托的超自然學家已經有了消息。我說了一句不好意思後，便走到房外接聽了電話。

「喂，有什麼消息嗎？」我問道。

她遲疑了一會兒：「這方面……你之前不是拜託我去找一找有沒有關於這些發夢轉生的事例嗎？我查過那些什麼奇人奇案了，是沒有相關的事例的。」

「哦……」我略帶失望的回應著。

「不過……」

「不過什麼？」

「不過，我倒是根據你和富翁的那些細微到沒有意思的描述，找到了一個與農夫類似的人啊！」她說起來，語調略帶輕快，看來有點開心和驕傲。

我差點嚇到，叫了出來：「真的嗎？那麼那個人在哪裏？」

她沉默了一會兒，似是不知從何說起好，過了一會兒才開口說道：「情況有點複雜，不如你過來，我再跟你說個明白。」

我草草回應了一句，便馬上駕車到她的「架步」去。

其實她為人有點奇怪，更生怕有人發現她的研究成果似的，所以在遠處深山自己建立了一個不為人知的秘密場所。我也是在機緣巧合之下認識了她，才知道這個石屎森林裏，原來也可以隱藏到一個這樣的小地方。

經過大約一小時的車程，終於到達了她的小地方。

我站在門外，按了按門鈴，等了很久，正當我想掏出電話來，一個披頭散髮、戴著圓形框鏡的莊琳出現了，而她就是我之前所致電的那位專家。

她狼狽的掃了掃肩膀上的灰塵，便邀請我進來就坐。她左曲右迴，最後從一張椅子上搬走了一大堆文件，才清出了一個空間讓我坐下來。

我笑了笑：「本來我以為只有我的家房才稱得起『垃圾房』這個名號，其實我就這樣站著也是沒有關係的。」

她對我的話語似是沒有多加理會，自顧自的找東西。又過了半天之後，她終於找出了一張褪色的照片，遞給了我。

第一眼看到相中人的時候，我有一種奇怪的熟悉感。

我一邊觀察，一邊聽著莊琳的介紹：「他是一名農夫，而且還是在美洲地帶的偏遠地區，用一些奇怪方言的農夫。」

我再仔細看的時候，方才發覺，原來這名農夫跟之前李博士在我家中所提及的，那個能夠穿越空間和時間的農夫十分相似。只是現在我手裏的這張照片中的農夫，顯得更為年輕一點，不單止精神較為飽滿，樣貌看起來更是較為好動。

本來，我第一下的猜想，是手上的這個農夫，會不會是李博士所提及的農夫的兒子呢？但是在下一秒，我立馬就否定了自己這個可笑的假設。因為我本以為富翁和農夫之間的連繫只是相隔一層夢，然而當我看到紙片因年月而變舊泛黃，這就已經令我肯定兩個農夫是為同一個人，這也解釋到為什麼富翁沒有去找農夫，因為他不會找到……

這麼說來，夢境這個東西，不單止可能帶你穿過空間的維度，還有時間……

「你要知道啊，這名農夫曾經特地向外界宣稱他有穿越時間和空間的能力，不過基本上所有人都認為他是發了神經病，沒有加以理會，所以我所能找到的資料，例如電報、報紙之類的都十分之少。我只能夠在一些比較冷門的書籍找到一兩個比較零星的資訊。哼，源六道，我看你這次該怎麼補償我？哈哈！」

在我失神的一刻，莊琳繼續補充與之相關的資訊。

「什麼？你說了什麼？」我剛回過神來問道。

她看起來有點小生氣，托了托眼鏡責備說：「好啊你！我用了這麼多時間幫你查找資料，你現在居然給我擺起了一副愛理不理的樣子來，作死麼你？」

我邊伸出雙手邊苦笑說道：「莊大女王，莊大女王，奴才不敢，奴才不敢啊！要不我下次多買幾包零食給你好嗎？」

她把頭側向一邊，半撒嬌說道：「哼，這就放過你吧，不然你下次再有什麼奇談怪論，鬼才有空招呼你這個奴才啊！」

「那麼，妳還有更多關於這個農夫或是夢境穿越的信息嗎？」我追問道。

「這個嘛，其實關於農夫的記載可以說是少之又少……至於另一方面嘛……」

她沉默了很久，又開始轉過身去翻找文件。

在經過一連串的查找之後，莊琳還是沒有再找到更多相關的資料。這樣說來，有關農夫的資料看來真是只有手上這堆了。

「你怎麼看待夢境穿越這回事？」我想試試從莊琳的口中，能不能找出一些刺激新思維的想法。

豈料，她卻是以一種我怎會問出這種問題的眼神盯著我，道：「其實夢境穿越這回事，在古代的時候就已經有這個概念了。」

我報以一個疑惑的眼神：「哦？」

她翻了翻白眼：「唉，有一位古人，他在很早期就已經質疑夢境和真實兩者之間的概念，而這位古人，你是聽說過的！」

我想了想，沒有得出答案，說道：「好了，別賣關子了，他到底是誰？」

她答道：「他就是我國的莊子。」

「哦？」

「在他所作的一本叫作《齊物論》的書中，曾經提及一個『莊周夢蝶』的故事。相傳莊周有一天做夢夢見自己變成了蝴蝶，而在醒來後，發覺自己依然是莊周，所以他便開始質疑自己到底是莊周所變成的蝴蝶呢，還是蝴蝶所變成的莊周呢？」她一邊說著，一邊幫我上網查找資料。

我看著網站上的幾句古文，不禁讀了出來：「不知周之夢為蝴蝶與？蝴蝶之夢為周與？」

她繼續說道：「所以其實這件事情根本一點兒都不稀奇啊！」

看完莊琳所展示的資料和知識，再綜合富翁身上所發生的事情，好像是找到了那麼一點的頭緒，可是我總感覺好像少了點什麼……

整件事情，就只有區分真實和虛假這麼簡單嗎？

「所以，事情到這裏就完了？」我嘗試不提出我的見解，因為我想瞭解一下她的想法。

「其實我覺得用富翁作例子，放在這個『莊周夢蝶』的故事中，好像還差了這麼一兩個線索啊！因為我覺得如果是富翁所提及的連觸感都知道的話，就不像那種如夢似幻的感覺了嘛！」她側著頭說道。

我連連點頭以示贊同：「那麼，妳覺得是什麼事情呢？單純就是因為夢境就是打破時間和空間的缺口嗎？」

她左右搖了搖頭：「就現在這個情況而言呢，好像只有這個解釋比較合理了。」

我想了想，突然發覺有一點頗為重要，可是我們一直都沒有提及……

我再次開口問道：「那麼，妳有找到農夫要穿越時空的原因嗎？」

她聽完過後，顯然是沒有聽懂我的問題，張著嘴巴：「吓？」

我笑了笑，然後解釋說：「雖然富翁一直提及農夫會過來索取他的性命，但是富翁其實一直都沒有提及農夫要『上身』的原因，所以我認為這個動機的影響性很大。」

她「哦」了一聲，然後說：「沒有啊，資料上都只是單純地描述他是一個聲稱能穿越時空的人而已，沒有其他了。」

也對，既然有關農夫的資料已經是少之又少，那麼又怎麼會有關於他動機的記載呢，我也許該回去問問富翁。

啊。對了，也不知道富翁醒來了沒有……

希望我沒有下重手，不然以富翁這樣虛弱的體格，真的連輕風一吹也會倒下。

我看了看手腕上的錶，也意識到自己肚子有點餓了，便先邀請莊琳一起去吃晚飯，然後再去醫院。

「怎麼了啊，源六道，這是想借點子約會我嗎？」莊琳在餐廳一邊用膳一邊笑說。

我笑了笑：「如果跟我一起用膳，你也認為是約會的話，那麼我銀行戶口也該轉賬給你了。」

她輕嚼嘴邊的肉扒，繼續笑說：「唉，你記得小學的時候，你很喜歡和我交換鬼故事嗎？」

我放下叉子，看著她說：「記得，當然記得。那時候，不知道為什麼家中會有許多關於鬼故事的書本，又好像挺來勁的，便和你交流一下，我最記得你總愛把人家學校的前身說成是墳場呢！」

她「嘻嘻」的笑了兩聲，然後一臉嚴肅的看著我，問道：「你相信有來世、下世和鬼魂一說嗎？」

我想了想，便答道：「其實我是一個無神論者，我認為鬼魂來生一說，只是人們對死亡的最大鼓勵，有了這些，你便可以擁抱死亡。所以，我個人是十分害怕死亡的，因為一旦死亡，你便失去欣賞這個世界的權利；更可怕的是，你根本就沒有知覺，意識不到自己曾經活著為人，連生存過也都不知道。所以我希望見到鬼魂，不然我真的放不開擁抱這個世界的權利。」

莊琳點了點頭，以示贊同：「算了，我們不要再說這些了，轉另一個話題吧。」

隨後我們聊起了很多關於小學時期的趣事。縱使現在的我們都回不去那段純真而美好的時光，而那學校那班房那走廊亦早已物是人非，但是我的心中依然保留著你們的青春。在那段歲月之中，多謝你們的陪伴，使我擁有快樂，學懂珍惜，更知道後悔。

在用過晚膳後，我先把莊琳送回家去，再自行駕車到醫院。

到了醫院後，我看見陳警長坐在椅子上小睡，看來他也是感覺到累了……

矛盾的是，工作可以幫你賺取金錢，然而金錢卻不能為你取回時間和健康。我認為，在工作上要負責任的去處理好一件事情，有些時候虧一點去犧牲少許也是無可厚非，但我希望是合理且只是個別的時候。但是在這個社會，不合理的事太多，為了生活又不得不接受，這是個令人唏噓的事實。

我細步走過，在陳警長旁邊找了個位置坐下來，輕拍他的肩膀。他抖動了兩下，朝我張開了眼說道：「咦……你總算是來了啊……」

他向後伸個懶腰、打個呵欠繼續說道：「怎麼了，你找到什麼了嗎？」

看陳警長這樣的神態，也就是說富翁沒有什麼大礙了吧。隨後，我便把莊琳所告訴我的，轉告給陳警長。而他在聽完後，本來一臉嚴肅，也帶出了一副訝異的神情。

他問道：「如果這是事實的話，那麼我沒有什麼可以幫的上忙啊。」

我想了想說道：「其實如果這真的是事實，或許你就只能看守著他，不讓他傷害自己就可以了，其他的事情就讓我來處理吧。」

他無奈的點了點頭，答道：「好吧。」

「那麼，富翁現在的狀態怎麼樣了？」我問道。

「雖然現在處於昏迷狀態，但是沒有任何危及生命的大礙。醫生的報告表示可能會昏迷多幾天，而在這段時間，我在他身邊監察著他便可。」警長答道。

陳警長再一次沉靜了下來，似是在思索著什麼。

在他沉思了一會兒後，我終於忍耐不住，打破他的沉默：「你在思考什麼嗎？」

他帶著一種無力感細聲的說道：「你有聽過弗洛伊德的理論嗎？」

警長的說話，使我的大腦迅速的轉動了一下。我回答道：「他是奧地利的一名心理學家和哲學家。他的著作中有《夢的解析》這一本作品吧。」

警長點了點頭以示正確，並說道：「你別看我頭腦簡單似的，我中學時期也都曾經聽聞過這本作品。根據其理論，夢境的內容是在白天的生活經驗或者思考過的沉積物，然後每當到晚上睡覺的時候，這些內容經過一連串的加工製造，便會浮現在夢境之中。」

我的眼球滾動了一下，回應說：「我覺得這個理論若然套用在富翁的身上，卻又不太適用。其實我相信不單止富翁，你亦可以從各大網絡媒體找得到一些例子，是事發者所憶述的夢境，與現實生活毫不相關，就比如說『莊周夢蝶』就是一個例子。」

警長聽完，「哦」了一聲，然後回應說：「如果以精神和心理學的角度解構，可能是因為一種對其他生活的希望，或者是一種自我的救贖……」

未待他說完，我已經忍不住插口道：「但是以神學或是非自然的角度去觀察，卻又是另一碼事，對嗎？雖然說，富人可能會基於種種原因，而產生各種自我救贖的行為，而這一個行為可能會因為植入在潛意識之中從而顯現出來。但是，以富翁作為例子去作討論，他會在潛意識下對自己的身體造成創傷嗎？當然這並不排除精神分裂的可能性，但先不說。再加上他的夢境是一夜接著一夜的，換言之，富翁這個例子十分鮮有，而我和你都不是醫學上的專家。所以，切忌妄自菲薄，我們不應作胡亂的猜測。」

陳勝天看著我，點了點頭，不再說話。看來，這宗案件也給予他相當的無力感。

無庸置疑，陳勝天在警察之中是數一數二的菁英。不論在推理能力或是管理方面，他都表現出強大的能力；再者，他自身的勤奮亦為他贏得其他人的尊敬。然而，再能幹的人也有無能為力的一日，而這些無力並不在乎於一個人的努力，而是源於一個人的能力，而警長正正是一個好例子。

解決事情的能力，不止於一個人對專業範疇的掌握，更看重一個人臨危時所引發的冷靜、判斷和精神持久力。亦正因如此，我們需要團隊之間彼此的合作，取長補短、互補不足，才可以解決事情。

一個人的戰鬥，永遠也贏不了。

我徐徐站起來，用一隻手掌拍了拍陳警長的肩膀：「不要緊，你已經盡力了，接著下來的，就交給我們吧。」

他笑了笑，隨口答到：「我知道的，總而言之，他的安全會由我來照顧。」

我報以一個微笑，之後便轉身逕自走向富翁的病房。

走到房門之前，我下意識的停下了腳步，深呼吸了一口，在輕力敲門後，便走了進去。一進去，我便感受到一陣陣窒息的感覺。

這種冰冷的難以呼吸的氣息，難道就是死亡的感覺嗎？我朝富翁的床邊走去，只見一部又一部的醫療裝置連接著富翁的咽喉，這也不過是人對生命的無力。

房間裏，除了富翁規律的呼吸聲外，一無所有。

我找了張椅子坐了下來，凝視著那條代表著生命的綠色線，似是初生嬰兒的小腳一般，不斷地抖動。

沒有其他地方可以去，那麼在這裏休息，也未嘗不失為一個選擇。我放輕鬆身子，讓身體慢慢沉了下來……

這一連幾天以來所發生的事情甚是新奇，但是我亦相信後續事件會帶來更大的衝擊。

至少，我對超自然的事件十分嚮往，是以對這方面的東西也略有注意。百慕達三角、人體自燃和死亡地帶等等也是我最感興趣的環節。而如今，能夠以這一種方式去接觸自己的興趣，也未嘗不是一種福分。

我忘記了自己是在什麼時間開始休息，也不知道自己是在什麼時候醒來。只知道我是被一股抓力驚醒的。我快速的張開眼睛，卻看見富翁的手緊捉住我……

咦？他何來這股力氣？

我望向富翁，只見他以一種強而有力的眼神凝視著我，好像是要向什麼下定決心似的。

良久，他終於收起那強硬的目光，再一次閉起雙眼，像是回想著什麼，又似是這樣長久的時間以來，終於得到一次安分的休息，然而，他的手掌依然沒有放開過……

他擺正了那瘦骨嶙峋的腦袋兒，安睡於床上，進入了長時間的沉思。周遭的空氣彷似加了重量一般，穩穩的沉了下來，使我幾乎連呼吸都不敢……

在經過又一段漫長的等待後，富翁終於開口說出了一句令人費解的說話……

「拜託你了，我想再一次，再一次的看看那缸金魚……」

「什麼？」我以為是我沒有聽懂。

「對，我希望在我餘下的時間裏，再好好的看看那條金魚幾眼……拜託你了，好嗎？」

第五章

遺書

「我知道我餘下的時間不多了，如果可以……不，我是希望你把那缸金魚帶來，在離開之前，我再多看幾眼……」富翁的聲音聽起來依舊帶著一種無力感，但比起之前的他，多了一種堅定的感覺。

不過，他的請求，聽起來卻是那麼的不合情理……

「可能你剛剛醒來，正常情況還沒有回復過來。要不我先……」

我的話還沒有說完，富翁立刻打斷說道：「不！我現在的精神比起任何時間都要好。我知道自己不再有任何的問題了，而現在，我希望你能夠把我臥室裏的那條金魚帶過來。」

我的腦袋迅速的轉動了一下，因為實在是想不透這行為背後的動機。不過，也許把金魚拿過來之後便能得出結果了吧。

思考到這裏，我忽地想起富翁房中那個大魚缸，還記得我第一次去探訪富翁的時候，就是看見他痴痴的看著那個魚缸的。而更奇怪的是，魚缸中所飼養的只是一條很普通的金魚……一般的有錢人家，應該飼養一些更具氣派的風水魚，不是嗎？

難道，那條魚就是所有謎團的關連和答案嗎？

雖然整個想法無稽至極，但又似乎不無道理。所以，我決定先幫富翁取來那條金魚，再另作打算。

所以，我向富翁點了點頭，便轉身走了出去。

一路上，我並沒有太在意那條金魚的意義，因為我相信，只要把金魚帶到富翁手上，一切自然會迎刃而解。

不用一刻鐘，我再次來到富翁的大宅門前。而此時，管家亦再次走出來迎接我的到訪。

管家一邊急快地下著梯級，一邊不忘向我詢問富翁的情況：「源先生！源先生！想必你已經探過並知道富翁的情況了吧！」

我微笑答到：「暫時是醒過來了，而且精神方面，以我的推測，應該是比入院之前更加飽滿……不過……」

「不過什麼？」管家立馬追問道。

我遲疑了一刻，才說道：「不過醒來後，他卻提出了一個很奇怪的要求……」

「什麼要求？」管家緊張的問道。

「他說他想見那條金魚……」我答道。

管家想也沒多想，立即答道：「好！沒問題，請跟我這邊走。」

管家一邊引領著我到富翁的房間，一邊繼續向我詢問富翁的狀態，看來他真的很擔心富翁。

「你要知道，醫院和警方都不允許任何人進入作探訪啊！包括他的妻兒。」管家邊走邊說。

我想了想答道：「可以理解為何警方作如此安排，畢竟他的身份充斥著很多利害關係。」

他頓了一頓：「可是我們沒有這種打算啊！」

我搖了搖頭，否定了他的回應：「可是，站在警方和富翁的立場，他身邊會否因遺產問題而存在不明關係，實在是未知之數。你要知道一個事實是，在金錢的作用之下，有許多你意想不到的意外。當然，也不能排除有部分人不受利益的誘惑，而願意犧牲自己，不過我相信，這類人只佔了極少數。」

討論的過程中，不消一會兒，我們便到了富翁的房間前。而此時，我卻收到一個陳警長的來電……

管家轉過來跟我說道：「你先聽電話吧，我拿過金魚便與你一同前往醫院去。」

我點頭贊成過後，便接通了警長的電話……

「喂，陳警長，怎麼了嗎？」我問到。

「你拿到那條魚了嗎？」陳警長一本嚴肅。

「還沒有，現在正準備拿出來。」

「可能要趕緊一點了，富翁的情況非常不樂觀……」

「怎麼會這樣？半小時前，富翁還精神得很！」我開始略顯驚慌，若然不能從富翁的口中得知有關那條魚的線索，一切就可能前功盡棄了。

「不知道……但所剩時間絕……」

「啊！！！」陳警長語未畢，富翁的房間突然傳來一記尖叫！

我立馬飛身一腳踢開房門，環視四周，向管家問道：「怎麼了嗎？沒事吧……」

只見管家呆呆的站在魚缸之前，自顧自的呢喃著什麼……

他的聲音細微，我不得不慢步走上前，試著聆聽他在說些什麼。

「不……不好……不見了……怎麼會不見了……那條魚不見了……」管家自顧自的低語著。

「什麼？」我嚇得幾乎把心裏的話說了出來。

此情此境，面對兩大難題，我開始有點不知所措。我先深呼吸了兩下，決定先讓自己冷靜下來，這樣才能客觀的想出解決方法。

我拿起那通電話，向陳警長說：「我儘快回來，不過我這裏出現了一些突發狀況要先行解決，等下再致電你吧。」

說罷，我便掛掉電話，再仔細觀察那個大得誇張的魚缸。

這個魚缸大概有一米高度、半米長度。內裏的裝飾除了一座空曠至極的假山之外，沒有任何可以躲藏的地方。更何況假山內的情況，魚缸外其實可以看得一清二楚……

以我的記憶所及，當時魚缸內只有一條手掌大小不到的金魚，以此確定，魚缸內的那條魚，確實是不見了……

我朝管家的方向看去，依舊見得他在繼續自言自語。我打了兩個簡單的手勢，見他並沒有對我多加注意，這才大聲問道：「會不會是你的工人洗魚缸的事前準備？」

管家突然停止了呢喃，轉過頭來跟我說：「對啊！可能只是洗水缸吧！」說罷，他便拖著笨重的腳步急行出去，我立馬跟上，慢跑起來，直到一間雜物房前停下……

他一下子粗暴的打開房門，把裏面的東西通通找了一遍，卻始終未能見到那條金魚的踪跡。「沒有了！沒有了！怎麼會沒有了！」管家開始變得有點歇斯底里。

如果單純只是富翁的一個命令，我相信其重要程度未必令管家如此抓狂。也就是說，管家知道這條金魚對富翁而言十分重要，所以才這般緊張。

又過了差不多一小時的時間，地上盡是一片狼藉。由房間的高架至櫥櫃的背後，也未能找到那價值連城的實物。

眼看時間一分一秒的消去，而管家依舊沉浸在徬徨與驚恐之中，我正想開口離去的時候，背後突然傳來一把溫柔卻嚴厲的女聲：「好了！你在這裏搞些什麼啊？吵得我都沒法靜下心來！」

我和管家幾乎同一時間朝門口方向看去，只見一位身材姣好，穿著貂毛旗袍，長著一張瓜子臉的絕世美人，而她正是富翁的妻子——梁寶欣。

怔了一會兒，管家率先回復他的端正，並打破沉默說道：「不好意思打擾到夫人，我正急忙尋找主人的東西。」

夫人挑起眉角，示意不滿：「所以呢？那個臭老頭子還有什麼是這麼著急的呢？反正他什麼也顧不上心的！哼！」

管家似乎因為夫人的話語而感到尷尬，而我亦不便再多加說話。夫人朝我打量了兩下，自顧自的說：「哈，這位卻是生得挺俊的，是新請來的下人嗎？」

我心裏暗自覺得好笑，正準備出口回應時，卻被夫人搶先一步說：「行了，正好我的房間有點髒，你過來幫我收拾一下吧！」

說罷，我還沒有反應過來，她便捉住我的手，拉著我到她的房間裏去……

她把我拉到房間前，打開門，一手把我推了進去。出乎意料的是，接下來並不是有什麼風流的事發生，而是有兩個彪形大漢一把捉住我，朝我後腦勺位置用力一撞，使我即時昏倒過去……

過了不知多少時間後，我突然被一桶冷水淋醒，我深呼吸一口氣，始終感到一陣頭痛暈眩的感覺，還沒有反應過來，右邊又被重重扣了一巴掌！

「啪！」

我沒有抬起頭，驟見房間角落有著一顆顆綠色的小球體，若有所思，不過並沒有為當下的苦況作出回應。

此時，那把熟悉的女聲再次傳來：「你就是源六道嗎？不過也就是名過其實了吧！哈哈！說吧，我家老爺大人委托你幹什麼去了？是調查什麼見不得光的事嗎？」

一種想法突然在我腦海中快速閃現，未來得及組織，我的左臉突然又受了一記重擊，「啪」！

「在逞強嘴硬是吧？別以為生得俊我就不敢折磨你！快說！」夫人說罷，那個站在夫人旁的大漢又打了一巴掌下來。

當我想舉手反制，這才發現原來我被五花大綁在一張沙發上。

我思前想後，記得富翁沒有要求我調查夫人什麼，反倒是夫人自己緊張起來，如果夫人是令富翁有精神病的兇手的話，這就有點不打自招了……

我抬起頭來，看見夫人坐在我對面的沙發上，她優雅的繞著腳，朝茶几上的煙灰缸點兩點手上的香煙，輕輕的吸了兩口，不失為一個名媛的典範。

整理過思緒後，得出結論的我嘴角微微上揚，笑問夫人：「怎麼樣，你害怕紅杏出牆的事被富翁知道嗎？」

本來一臉不在乎的夫人突然定睛轉過來：「哈！你終於肯承認了吧！說！你把找到的證據放在哪裏了？」

透過這樣的回應，我心中的想法得以確定，雖然夫人所擔心的事情，與我所調查的風馬牛不相及，不過我說出事實她也許並不買帳，基於以上原因，是以我繼續回應道：「其實不透過這樣的方式，你也是可以向我問取的。」

夫人此時略帶疑惑：「為什麼呢？」

「因為我覺得你丈夫是一位怪人，活活的浪費了這樣一個可人兒。」我回答。

「少來這一套了，我不受的。」她的話語略帶強硬。

我一字一頓的回應：「好比說，那—條—金—魚呢？富翁全盤心思都花在那條金魚上，想必他身邊的人，或多或少，總看不過眼吧，更何況是曾經一度主宰過本地潮流的女人。」

這一刻間，她頓時陷入了沉思……

「你們先出去吧……」夫人支開了那兩個把我打得厲害的大漢。房中只剩下我們倆。

她再次坐到沙發上，熟手地又點了根香煙，呼了兩口，然後問到：「說，你想要些什麼？」

我笑了笑：「我想要你。」

夫人不肖的笑：「哈，妄想。」

「那麼，你告訴我一樣東西的價值吧。」我問道。

她好奇的凝視著我：「什麼東西？」

「一條金魚。」

聽罷，夫人沒有言語，定睛停頓了半秒，然後又舉起了手上的香煙，點了點：「哈，這個沒有什麼好知道的，問個別的吧。」

我隨即笑道：「這一個你不肯讓我，那一個也不肯讓我，那我們還有交易的餘地嗎？」

夫人聽後，沉默不語，似是在思考著什麼。

我繼續追問道：「我知道你可以告訴我那條金魚在哪裏。」

「既然你好像一副什麼都知道的樣子，一條小小的金魚又怎能難到你呀，大偵探！」她開口道。

我在腦海中快速分析過後，說道：「其實許多事情不難作出推測，首先從你無名指上的戒指痕印，不難推測出你現時的婚姻狀況並不美滿。而導致這樣的情況，主要原因應該不是因為婚外情，而是因為那條金魚。從他人的口中，以及富翁的行為舉止，可以知道富翁對這條金魚的重視程度達到一種近似瘋狂的狀態，你心中不忿，所以當富翁入院，你便把那條金魚拿到這個房間餵養，因為地上有魚糧。我相信只要我願意，我用一分鐘便能找到那條金魚。」

百般無奈，她輕輕的笑了笑。此刻，她呼出再多的煙圈也塗抹不了這幾年來的一副倦容。

一包煙過後，她緩緩說道：「我很累了，這幾年來，他常常坐在床邊望著那條該死的金魚一整天，本來我也不介意在乎，可是日復一日，這幾個月來，他更試過凌晨起床走去跟那條金魚說話，有時候更是大聲哭訴，我真的是很痛心！不過，我也終於熬不住，搬來這間房休息。但是，關係越來越差的我們，開始受到外界注目，更別提富翁的精神了，所以我才私下去約會其他男明星，當然，你說得也沒錯，我心中亦有所不忿……因為……因為……唉！」

「因為什麼？」我問道。雖然聽起來似乎有點難以啟齒，不過在好奇心的驅使下，我想知道。

夫人深呼吸了兩口氣，因為她好像也不相信自己接下來所說的一樣：「因為……因為他在看著那條金魚的時候，眼神不自主的充滿著愛意……」

一時之間，我還沒有反應過來，滿臉疑惑：「什麼？」

夫人堅定的回答說：「是的，我認為他在看那盆金魚的時候帶著滿滿的愛意……」

我差點忍不住笑了出聲，看來有問題的，不只是富翁，他身邊的人問題更嚴重。

夫人抬起頭來，詢問道：「怎麼？你不相信嗎？不過，就這樣說出來，恐怕也沒幾個人願意相信……」

我打斷了她的思考：「其實，你能先給我看看那條金魚嗎？關於你的任何事，我保證不會說出去的……往後有機會，我再跟你聯絡好嗎？」

她再次點了點手上的煙頭，眨了眨那雙明亮的大眼，遲疑了一刻，不知道是出於對伴侶的失望，還是別的原因，看得出她抱著略帶沉重的心情，走到書櫃前面，左挪右移，不知從哪裏掏出一個魚缸來，而那個魚缸中的魚，正是富翁的那一條。

我剛想起來把玩那缸裏的魚，這才發覺原來我的雙手被綁著。我朝夫人苦笑了幾下，她立即明白到我的意思，在桌子上拿了一柄割信刀，幫我鬆了綁。

我扭了扭手腕，開口問到：「要不這樣，我跟你作一個交易？」

夫人不徐不疾，緩緩反問道：「什麼交易？」

「既然你並不喜歡這缸魚放在家中，倒不如讓我保管起來也是可以，好讓我研究一下牠的特別之處。至於夫人你的事，我一概不知道就是了……其實說起來，對你而言可謂是百利而無一害。」我說道。

其實我手上根本就沒有可以與夫人交易的籌碼，既然她的口中透露出風聲，又未嘗不可倒轉來利用這一點。

相信夫人這刻的心情是複雜而混亂的。一位曾經風華絕代的名媛，街邊上上下下、各大小的招牌廣告上都能看見的大明星，在感情生活上竟然輸給一條再普通不過的金魚，很是有趣。更有趣的是，不論夫人在外如何勾搭男人來試圖挑起富翁的注意，都以失敗告終……

整件事很是有趣，而且蹊蹺，待我拿這條金魚回去研究一下……

經過一段時間的沉思，夫人從手袋裏拿出那個秀滿花紋的香煙盒，點了另一根煙，然後開口說道：「好了，你這個朋友我交了，這缸魚你拿走吧，趁我還未改變主意之前，你這樣走出去就可以了。」

我站起來，拍了拍衣服上的污漬，朝夫人笑了笑道：「那就多謝你了啊！下次有機會見面，希望在正常一點的聚會上吧！」說罷，我一手抱起那個魚缸，二話不說，一股勁的衝了出去。

我把魚缸穩定在附加的位置後，便駕車朝醫院的方向駛去。不得不讚賞的是我這台車的性能還是十分的優秀，雖然車的外貌和之前相差無幾，但換了個引擎後，可謂是風馳電掣，不消一刻，便來到醫院。

在這個年代，這車的性能是超卓了。

我急忙的將魚缸抱去病房，周遭的人都像看著一個瘋子一般，向我投以奇怪的目光，而我也只好在心裏苦笑。

一打開門，便看見陳警長一臉嚴肅的與醫生進行交談，而富翁則是接駁著各種維持生命的儀器，滿是倦容的躺在病床上，所以我該為自己的及時感到慶幸嗎？

我一步一步慢慢地走到富翁床邊，坐了下來，然後輕輕的叫醒富翁：「你，還聽得到嗎？我把你的金魚給帶來了！」

然而，房間中的那位醫生好像這才發現到我的存在，立馬轉身向我報以一個責備的眼神，並吩咐護士和保安等人把我趕出去。

正當我想起來反抗的時候，富翁一隻手按在我的大腿上，另一隻手把氧氣罩拿了下來，傻笑道：「哈哈，你可終於來了！我等你等得可苦了！」

一時間，那醫生好像不知道該如何反應，靜靜的看著富翁。站在一旁的陳警長見狀，一手拍在醫生的肩膀上，識趣的朝他搖了搖頭，那群護士和保安這才退了出去。

我輕輕的拍了拍魚缸，朝富翁說道：「我把你想見的，都帶來了……」

我還沒有把話說完，此時富翁似是發瘋一般，一手把我懷中的魚缸用蠻力搶了過去，大叫：「別！別這樣大力敲拍我的魚缸啊！」

富翁這一連串的舉動是來得多麼的突然，連門外的一眾人等都嚇得破門而入，陳警長立馬朝他們大罵：「都在幹什麼？不是吩咐了沒有我的指令不得進來嗎？都給我出去！」

警長語未畢，富翁突然又開始抽泣起來：「嗚……嗚啊……我想你想得好苦呀！」

不知道什麼原因，我的心中竄過一道寒氣，直覺告訴我這件案子不是這麼簡單，眼前的這個富翁，可能就是農夫……

我靜靜的作了幾個手勢，示意現在的環境基本上已經受到控制，請無關人等先行離開。

突然，富翁又開始對著魚缸喃喃自語起來：「嘻嘻，我的這一生裏，總算見得著你了。你知道，我每一天，無時無刻都想要見到你嗎？你就是我的全部，是我活下去的依靠……」

富翁用其瘦弱的雙手高舉魚缸，任由窗外明媚溫暖的陽光散落在點點魚鱗上，說似是為幸福的女兒穿上嫁衣，倒不如說成新郎在輕撫新娘的輕紗更為合適。

剎那間，我恍似看見一位美人兒在輕弄羅紗，拜見行禮……

輕紗下，隱約看見那粉紅色羞答的臉容，默默期許那一生的守候。而另一面露出的微笑，也是應允那一世的承諾。

突然，一句南美的土方言自富翁口中說出：「我，我再也不會離開你了……」然後，富翁身子便軟倒在床上，一睡不起了。

我生怕那個魚缸跌破，是以立馬起身接著，而同一時間，醫生亦搶身過去對富翁進行急救。

不知道出於什麼原因，富翁離去的一刻還未來得及細思和驚訝，我所感覺到的，就只有愧疚。這事件的一切，才找到一些線索，還未能串通之間的關連，他便留下了一切……

醫生搶救了一段時間，宣布無望的時候，我才意識到自己是多麼的沒用，整件事情的來龍去脈還未曾清楚，便已經草草結束了……

我真的不知道應該如何面對自己……

我呆坐在手術室門外，漫無目的地聽著警長向其他警員發號施令，不過一切都是徒勞的……

隨時間的逝去，走廊上不知道經過了多少人，我這才想起該是起來的時候了。

我四處張望，原來已經進入深夜時分，四下無人。拖著疲倦的身軀，我一步一步的踏出醫院，走到我那輛摩根跟前，向富翁的大宅駛去。

既然我幫不上什麼忙，那麼也該是我收拾包袱回家的時候了……

我再次走進富翁的房間，徐徐的張望，發覺富翁的房間簡潔而不失大方，與想像中的一般豪宅有所出入。我走到書櫃跟前，不同的櫃子裏有各式盆栽和書籍，而整個書櫃的正中間，有一個比較大的空位，相信就是被夫人拿走的魚缸的位置。自從我看見富翁的眼神，才明白難怪夫人會偷走那個魚缸。

我的目光繼續在書櫃上四處遊走，直至在一本書上停下來。那本書的名字叫作《金魚的日與夜》，這本書的內容是教導用者如何去飼養金魚的，如果在其他地方看見，我倒也不覺得奇怪，然而在富翁的房間找到一本這樣的書，就略帶神秘了。

正當我伸手去取那本書的時候，不小心碰跌在旁邊的筆記。我彎身去撿，摺在內頁，可以看見內裏充滿著各樣關於那條小魚的記錄和日記。

每日都有詳細描述這條小魚的細節，再加上富翁不經意流出的愛意……

我越看越覺得神奇，到底是出於什麼因由，富翁產生如此舉動呢？富翁對金魚的感情，已經只可以用癡迷來形容了……

養魚新手的細則：

其一，魚缸不能太小，否則容易導致水中缺氧；

其二，不能直接放新水，必先經過「曬水」；

其三，餵食不能過多；

其四，不能過量換水；

其五，水質不能渾濁；

其六，溫度不能劇變；

這些東西，也不過如此嘛……

我用盡我的一生，去做足以上的事，因為我答應過，不論疾病貧富，照顧你的需要，都是我的承諾。

第六章

起點

我決定先把這兩本書收起帶回去慢慢研究，說不定從中可以看得出什麼。

甫一打開房門，便看見管家站門外。他一抬頭，見得是我，略顯驚訝，問道：「源先生！怎麼你會？」

我苦笑兩聲：「原來你家夫人是一個不折不扣的惡魔來的。好不容易從她手中逃離，又想起富翁房間應該有些我未留意到的線索，所以我便過來看看。」

管家點了點頭，回應道：「我聽到有一些雜聲從富翁房中傳出來，所以便走過來看看……」

這樣看來，夫人的行為對他們自家人來說，相信亦是略帶神經質的，管家的默認，就是最好的證明。不過也難怪，自己一世絕代芳華，最後竟然不如一條金魚，相信管家他們也諒解夫人的心情。

我想了想，向管家問道：「我可以向你問幾個問題嗎？」

管家側過身子，從我背後謹慎的掃視過房間一遍，確保沒有問題後，向我微笑道：「好的，這邊請。」說罷，他轉過身子，逕自走去，我尾隨其後，在大宅中左穿右插，直到走到一間書房裏坐下來。

管家退出門外，向我說道：「請你在這裏稍等，我轉身便過來。」然後，管家關上了門便離開了。

我從背後的沙發站了起來，環視四周的書櫃，發現裏面每種類型的書都一應俱全。我用指尖橫掃書頭的內頁，依稀觸摸到內裏的皺摺。我走到另一個書櫃，發現這裏所有的書都有這種皺痕。也就是說，這裏所有的書都已經被富翁看過，而且還不只一遍。

我該驚訝的是富翁的求知欲，還是他的時間管理？

按常理說，受到各方面知識的薰陶，富翁的思想應該是通情達理的，唯獨是金魚這件事情弄得家無寧日，想起來都覺得有點可惜。

書櫃上的書籍琳琅滿目，其中更不乏正面心理學、金融學和養生等題材，相信富翁在各方面都略有涉獵，這更說明他不是這麼容易受到打擊而走上極端的人，是故這件事情實在是不簡單……

經過一段時間，管家端了兩杯上好的鐵觀音來一起品茶。

我觀其茶色通透，聞其茶香馥郁，笑道：「也沒有必要如此厚禮吧。」

此時，管家笑道：「再名貴的東西，你放著不用，也只是浪費。」

我點頭微笑，說道：「那我不客氣了。」然後拿上手，初嘗一口，發覺茶湯醇厚甘甜，實屬佳品。

「怎麼樣？」管家期待我的回應。

「入口甘甜，味道醇香，應該頗為名貴。」我答道。

管家笑了兩聲，然後又很可惜的說道：「以前富翁也很喜歡這種茶葉，可是自從那條金魚的出現，再好的茶他都不屑一顧。」

我很是好奇：「其實，這中間發生過什麼事？」

管家呼了一口氣：「唉，其實富翁一直以來都十分傑出，這是毋庸置疑的事實。不過，直至有一年，他到外地旅行，不知道發了什麼神經，突然想養金魚，還要不顧一切的從別的國家運回來這邊。不知道為什麼，他獨愛那條金魚，我們從未見過他這樣歇斯底里的一面，想說從這邊買都是一樣，他卻只要這一條。無可奈何下，我們動用了一些權力，便把那條金魚跨境運了過來。更可怕的是，自從那一天後，富翁每天夜晚都用至少兩個小時去盯緊和照顧那條魚。而夫人的問題亦是那個時候泛生出來的。直至近幾年，這個問題越發嚴重，富翁基本上整晚時間都在緊盯那條金魚，有時候一看就是看上一整天……」

我聽完越發奇怪，越覺得有值得深思的地方，可是一時間又說不出來。

我接著問：「那條金魚，是在一般大街上見到的嗎？」

管家先頓了一頓，然後又接著說：「是的，其實富翁之前一直沒有養金魚的傾向，直至那天在街上見到這條金魚，便好像見到老朋友一樣，發瘋般一直嚷嚷要把它帶回來……」

「那麼，他的夢境其實是從什麼時候開始出現的？不知道為什麼，我有一種推測，這條金魚和那個夢境有關。」我說道。

管家這時「啊」了一聲，隨即答到：「這可就奇怪了，富翁跟我提及過，那個夢他自小就一直見到了，並不是自那條魚後才得以看見的，為什麼你會有這樣的想法呢？」

我想了想，答道：「因為富翁在發病的時候，還一直惦記著那條金魚，在離開前的一刻，他以一種很奇怪的眼神和口吻呼喚著那條金魚，所以我有這樣的推測，不過經你這麼一說，事情又開始變得神秘起來。」

管家點了點頭：「你這樣說又不無道理，我家主人自那條金魚後，近來發夢的時間的確也越發嚴重……」

語畢，我們各自進入了沉思，思考著相關的問題……

我拿起那本筆記，一頁一頁的翻著，突然有一頁的內容令我大為震驚，我差點嚇到要跳起來！

管家見狀，立馬問道：「發生什麼事了？」

我頗為驚訝的看著管家，因為筆記裏的內容太過駭人，以致我一時間開不了口……

管家一再追問：「到底發生什麼了？」

我看著筆記上的文字，一字一頓的讀出來：「昨天晚上，我沒有再夢見自己在一片金黃的稻海裏醒來，亦沒有再看見瘦弱的自己。取而代之的是，一股股溫暖的暖流一次又一次的洋溢著我的身體，令我好像是自由的在風中飛翔，而不同的又是充斥著一股實在感。奇怪的是，我感到臉蛋兩側腫腫的，但又有一種說不出的自然，而更重要的是，我終於能夠和你在一起了……」

管家聽完後，一臉疑惑的問道：「所以，這是在說些什麼呢？」

我問道：「你有聽說過富翁有一次夢見自己成為魚嗎？」

這下，差點連管家都跳了起來……

他肯定的答道：「沒有，不過你的描述……」

我點了點頭，答道：「對，這就是富翁的筆記，看來他收起來的秘密遠比你想像的多……」

管家沉默了一刻，隨後回應說：「其實我想像不了這是一種什麼感覺，我這輩子活了差不多七十多年，什麼荒誕事都經歷過一遍了，我還以為自己什麼都已經見識過了，原來這又遠超我的想像……」

我再次點了點頭：「其實一件未能被當代科學破解到的事情，許多時候都會被歸類到神鬼知道一說，建議這件事情的解釋，我相信就是已經超越了現代心理學的範疇……其實，在古時候，亦有一個人發了一個類似的夢。」

管家皺了皺眉，笑道：「我讀書少，你就不要取笑我了。」

我不好意思的報以一個微笑，並說道：「古時有一個故事叫作『莊周夢蝶』，就是莊子曾經做夢發現自己成為了一隻蝴蝶，而富翁的則是金魚。」

管家聽罷，「哦」了一聲並回應著：「不知道如果發夢自己成為另一樣物種，會是一種什麼樣的感覺呢？」

隨後，我也是細想了一下這個問題，然後回答：「一般的理論認為，夢境反映了我們大腦的一些構想和心理存在。好比說工作壓力大的時候，在睡夢中，這會根據你所知的表達方式顯現出來，就例如說是文化。」

管家一臉疑惑的看著我說：「不明白。」

我習慣性的轉動了一下眼球，快速的作出思考並說道：「舉個例子，如果我們夢見自己在一個蓄水池游泳，可能是財富或者是健康的代表，因為在我們既有的文化風水內，『水為財』。然而，在鬼頭的眼中，可能是一些珍珠黃金也說不定……」

他一邊聽著一邊點頭，示意明白。

我接著說：「所以，夢境大多是只反映大腦的一些構想，並不存在各種感官功能，但是當然亦不排除有這種情況，但佔比較少數。」

管家繼續點頭說道：「不管怎麼，也應該挺有趣的。」

之後我和管家亦再舉出例子以便討論，不知不覺間，原來已經準備入夜了。

經過一番寒暄後，我拿著富翁那本筆記、書籍以及魚缸，回家去了。

一路上，我不斷思索著整件事情的來龍去脈，其實富翁會發一些與農夫和金魚相關的夢，根本就是無從稽考的事，我該怎麼著手去查這件事，也是一個大問題。

我看著路上不停轉變的指示燈，此刻多麼想找到一盞能給我指引明路的綠燈啊。

一回到家，隨便找個位置安置好那個魚缸後，我淋了一個熱水澡，便回到睡房倒頭大睡，因為我好像真的有一段時間沒好好休息過了。

第二天早上，我為自己煮了一個營養豐富的早餐，之後便走到書房張貼各種資料，以便我好好整理。

經過一連串的整頓，我先好好歸納出整個故事的經過。

首先，富翁自小開始，就已經會發奇怪的夢，而且隨年月增長，次數則會更多，感受也更深刻。當中的夢境會在金魚以及農夫之間作轉換，這些夢境其實對富翁造成了正面以及負面的影響。

以我的猜測，可能正是因為農夫的體驗深刻，所以他透過努力去改變自己，令自己努力，最後成為今日的富翁，而他干淨樸素的書房正是有力的證據，用知識改變了自己的命運。至於在負面方面，相信就是心理上的精神壓力。正是因為知道貧窮的無力，所以更加要改變自己，去努力追求成功。

其實一直以來，事件尚算在控制範圍之內，而整件事的轉捩點是富翁買了那條金魚，之後急轉直下，頃刻間所有東西都被嚴重化，直至富翁的死亡。而在這件事中，富翁對其身邊人的影響甚大，當中應該以夫人最為嚴重，他令到夫人紅杏出牆。

我思前想後，差點遺漏了一個最重要的線索！就是富翁臨離去前，那句來自南美的土語！至於為什麼我能夠聽得明白，是以前為了接觸南美的巫術而瞭解到的。

富翁的一句說話，又為整件事情蒙上了更神秘的面紗……

經過一連幾日的整理，我得出了以下幾條不能解決的問題：一，富翁是從什麼時間開始作這樣奇怪的夢呢？二，富翁經由什麼原因才開始發夢呢？三，夢中的農夫，是否與李博士那張照片中的人為同一個人呢？四，金魚和農夫之間，是否存在著什麼關連呢？五，富翁在離去之前，又如何懂得南美的土方言呢？

凡此種種，有太多未明朗的因素阻礙了整件案子的進展，以致未能找到一個突破點。

本來我想從一開始入手，也就是上線調查會發夢的原因，但原來也是非一般的困難。我原想先問一下富翁自小的朋友或同學，然而富翁對他發夢的事情隻字不提，而富翁的雙親早已不在人世了。綜合各種資料，我只能推斷出富翁可能在五、六歲左右的年齡，甚至更早未有意識的時候，已經會發這種奇怪的夢了，至於在發生什麼事情之後才有這種狀況，就得往後再查清楚了。

至於有關那個農夫的資料，在這個資訊匱乏的年代，我也只好到圖書館查找相關的雜誌和報章。可慶的是，雖然沒有完整的文章，但終究也能查出一個大概，同時整件案子又有一個非常大的突破。

原來那個農夫生活在戰亂的年代，他自稱有著一副瘦弱多病的身軀，以致幸免入伍為國家打仗，但應付農務又是勉強可以的。他又聲稱自己有穿越平行時空的經歷。

在農夫的夢中，他每天晚上都過著一個未來富翁的生活，與他現在很窮的生活完全相反，可是比起富裕，他更樂於現況。因為，他有一個很美麗的妻子，所以他並不渴慕富翁的物質生活。比起金錢，他更渴求知識，而這也許作為富翁的潛意識存在，成為引致富翁喜愛看書的原因。

以上種種，當然已經解釋了很多東西，但是還有一種決定性的因素被我找了出來——就是這位農夫原來是某南美國家的原住民，這也就正正解釋到，為何富翁在離世前會說出這麼特別的土語，如果真的是按這個故事走向的話。

為了尋找這些資料，我差不多在圖書館待上了一個月的時間。一來是所有的資料都沒有被好好珍存下來，對農夫的話語，大家並沒有多加注意。一來是因為現今資訊的存取方法還是太過簡陋，令人難以自行查找。

雖然當中的各種資訊和結果，沒有實質的連貫，但是從超自然的角度去分析，兩件事又看似密不可分，又或者說成，以現今的科學未能夠解釋。

事情發生到這裏，又開始進入到了一個樽頸位。現階段，富翁與農夫的確有一定的連繫，但是無能為力的是，我又怎樣去尋找這位不屬於這個年代的人呢？另一方面，那條金魚與這兩者又有什麼關係呢？

思索到這裏，我不禁笑了出聲：「哈，哈哈！」

在我不禁笑出聲的時候，圖書館周遭的人皆向我報以不惑以及鄙視的眼神，但是，面對如此荒謬怪誕的事情，我也只好苦笑。

我帶著那堆資料回到家中，對著那條金魚自言自語：「唉，金魚大哥，算我求求你吧，你快告訴我你有什麼能人所不能的本領啊！快使出來吧！」

殊不知，當我開口的時候，那條金魚似是有靈性一般，向我的方向游了過來，一開一合的動著小嘴。

我把頭蹭了過去，緊盯著那條魚，繼續自言自語：「老天爺啊！求求你給我一點啟示吧！」

驀地，有一刻間，我從那條魚的身上感受到一種被注視的感覺。

我以往注視金魚的時候，大多數都是一種沒有什麼太特別的感覺，就是金魚的眼睛好像沒有在理會我一樣。又或者說，根本不屑理會我一樣。然而，我從這條金魚的眼中看得出，牠正在注視著我，而且是用一種人類一般的靈性感覺看著我……

凝視了幾秒之後，我再把頭蹭近了點，那條金魚便自顧自的游了開去。

我張開手臂，向後面的沙發倒下去。天那，看來工作的壓力都快把我壓垮了吧……

我怎麼會從一條金魚身上感受到如此奇異的目光呢？為什麼呢？為什麼整件案子都好像在圍繞著這條金魚一般呢？究竟，究竟農夫與金魚之間是不是有著什麼被我遺忘掉的線索呢？怎麼會有這樣一大堆的謎團啊！

還有一件事我越想就越不明白。在金魚飼養的書籍中，有幾位作者都提及可以在魚缸裏養多幾條魚兒。一來是看起來比較熱鬧，不至於沉默，二來是魚兒們有個陪伴。然而，富翁並沒有這樣做，這樣說明富翁其實並不是喜歡養金魚的，只是單純喜歡眼前的這條金魚，也可以說，只是碰巧牠是一條金魚。

若然，這東西不是金魚，而是其他東西的話，例如說是貓甚或是蜘蛛，富翁就是另一個領域的專家了。不過，我始終對其來歷摸不著頭腦。

倒不如我走出去，多買幾條金魚來試一試吧，反正在家裏也沒有特別多的東西要處理，就這麼辦吧。

我駕車到一條專門出售寵物的小街。我隨意遊走在街上，四處觀看那些任人擺弄的寵物。其實我自己本來也喜歡寵物的，不過我的生活時間非常不穩定，所以就不隨便領養了，總不能為了自己一時的衝動而壞了牠們的一生吧。

我隨意走進一間金魚鋪，四處觀看著各式各樣的金魚。此時店鋪的老闆看出了我的興趣，從內裏走了出來問道：「怎麼了，是想買金魚嗎？我這裏每條金魚都十分生猛，都只是收你二、三毛錢而已。」

我對這位老闆沒有多加理會，自顧自的找著與那條金魚相同的品種。

此時，突然走出來一個年輕人，他拿著一本賬簿向老闆問道：「老闆，不好意思我忘記要下單的數量了。請問虎頭金魚是要下訂七十條嗎？」

那位老闆沒聲沒氣的轉過頭去，嘆氣說道：「唉，都說了是十七條啊！」

那位年輕人唯唯諾諾，然後再問道：「那麼，草金魚呢？」

老闆繼續答道：「二十！」

年輕人隨即呼應：「哦！所以虎頭金魚是二十條，草金魚是十七條嗎？」

老闆聽後，立馬大發雷霆的罵道：「臭小子，這麼沒記性，看來上世一定是金魚了！」

一場突如其來的鬧劇，敲響了我心中的警鐘，也許整件事情的關聯，不是什麼平行空間，也不是什麼穿越時空，而是前世今生也說不定？

從那一刻起，各種思緒和想法不斷穿過我的大腦，令我大有如夢初醒的感覺。

雖然聽起來有一點荒謬，但如果用前世今生去解釋的話，卻又不無道理。

可是，誰又會想到，竟然會在買金魚時得到啟發呢？我二話不說，立馬便啟程回家，作一些資料上的整理。

事情的開端，始終發生在農夫身上，所以農翁亦曾經聲稱可以證明到「平行世界」的存在，可是那其實並不是「平行世界」，而是死亡轉世的富翁，而農夫和富翁之間的連接點則是「夢境」。他們透過「夢境」去窺探人類轉世的秘密！富翁一直未能接受得到，所以一直以為自己精神有問題而提出求救。直至……直至在臨終前的一刻，他的意識被農夫奪去，所以才懂得講出地道的方言。而且這條金魚，從來都不是富翁的愛物，而是農夫的。這樣一來，我對這條金魚更加感興趣了。

我把整個前因後果告訴了李博士，他聽完後，木訥了好一段時間，才反應過來說：「我始終認為，夢境是打開平行空間的一個渠道，而正好，他們的對立點剛好在同一個空間內，所以形成了前世今生。」

我整個興奮的近乎大叫出來：「這可是一個重大的發現！試想想，我們通過夢境，可以回到下一生，也就是說，我們可能沒有真正意義的死亡，而死亡這個名詞的意義，也許就是我們轉移到了『夢境』中生活的意思。」

李博士想了想：「也就是說，夢境是我們輪迴轉生的渠道？」

我幾乎興奮的拍了拍手掌，大叫起來：「對！就是這樣！」

李博士輕輕的笑了笑：「嘻，這個想法，未免太過……」

我繼續說道：「不管你接受與否，這是一個最為合理的解釋！」

李博士停頓思索了一會兒，無奈的點了點頭。

我隨即說出一個更為大膽的想法，而李博士聽後，露出大為驚訝的表情，連忙搖頭說不。

「我要走一趟旅程，一趟去前世旅遊的行程！」

第七章 旅程

「吱，吱吱……」

一聲又一聲的鳥啼，提醒著我這又是另一個早晨。

這已經不知道是第幾個星期的又一個早晨。兩手推走我胸前的文件夾，我坐了起來，懶洋洋的伸了伸筋骨：「呵欠！」

自從上次得到啟示後，我和李博士一直致力於尋找可以通往「前世」的渠道，因為我們相信，既然富翁可以，那就必定會有方法可以成功，包括非科學的方法。

不過，整件事情當然沒有想像般容易。經歷過一個多月的疲勞後，我們依舊是無跡可尋。直至某夜凌晨，李博士突然說道好像找到了些眉目，他先回家整理再作定奪。

誰知，他一去，也是去了一個星期的時間。我不敢怠慢，隨手拿起一本昨晚在閱讀的文案。正當我想坐下來的時候，門外突然傳來激烈的敲門聲。

「開門呀！我找到了！」李博士在門外大叫。

我一打開門，李博士一臉興奮的手舞足蹈的說道：「我找到了！哈哈！我找到了。」

雖然我也難以掩飾心中的激動，不過也先請他坐下來，再慢慢說道詳情。

他一邊打開一包文件袋，從中抽出幾張文件，一邊說道：「我從富翁的身邊入手，查過他所去的地方，其中有一處，與農夫的生活地有所吻合。」

我一臉疑惑：「整件事情聽似簡單，為什麼這一個月來都找不到相關資料？」

他沒有理會我，繼續說道：「你先不要打斷我！讓我繼續說下去。其實富翁買那條金魚的地方，正正是農夫生前的國家。所以，我很肯定，我們要過去一趟！」

我點了點頭表示認同，不過我始終很好奇，為什麼我沒能找到那份檔案，而李博士則易如反掌，用一星期的時間，去推翻我們之前一個月的努力。

及後李博士告訴我，其實那本文件只有一千零一份，因為之前農夫的說話其實沒有大多人理會，所以綜合到的資料只有李博士手上的孤本。而當天剛好，這本借出的孤本由別人手中還到李博士手。

打點過一切後，我們訂了前往南美的機票，因為那裏正正是農夫的國度。

我和博士在出發當日，感到加倍的刺激，即將踏上這未知而又創新的旅程。到了當地，我們又搭上了火車前往目的地。

在一連幾日的火車裏，我們認識了幾個當地人，經過一番簡單的交流，我更加深了對是次旅程的好奇。

在火車上，我們一共認識了三位新朋友，亞夫、西奇以及路妋。他們都是作為出色的留學生而遠赴他區進行學習。在回去的路上我覺得我們之間的對話甚是有趣，便一起交流了。

亞夫聲稱，在他的家鄉正好有一間寺廟，廟中有許多書卷，而據說一些人在緣分的牽引下，能夠看見自己的前世今生。不但如此，一些法力高強的高僧，更有能力轉世還童，不過這又是另一個故事了。

經過一些簡單的交流後，我對當地的信仰文化有了大概的認識，畢竟，這涉及到怪力亂神的層面，多接觸當地神學，是一件好事吧。常言道，有備無患。

當然，他們對我們的案件感到興趣，不過對於農夫這個人，概念還是不大，所以最後只能無疾而終了。在下火車的時候，我們互相交換過聯絡的方式，便道別了。他們各自回到家中，而我和博士則是尋找與農夫相關的資訊。

我們一連幾日都在酒店內搜尋資料，無果。畢竟，在這個資料匱乏的年代及國度，出外尋找才是明智的方法。於是，我們便打車到了當地的一間酒吧打聽消息，順道觀光一下。

李博士喝了一口紅酒，笑道：「酒吧這個地方根本就是一門世界語言！」

我笑答道：「哪有這麼誇張，還是說你已經醉了？」

正當我們兩個逕自談得開懷的時候，有一位女酒保走了過來，問道：「需要加酒嗎？」

我轉身看過去，笑著用當地語言答道：「不用了，謝謝。」

她露出一副訝異的表情，然後湊過來問道：「你們不是當地人吧？」

我答道：「當然不是，就過來旅遊一下。」

她一臉天真的笑道：「太好了，我想聽聽其他國家是怎樣的呢！」

我沒由來的笑說：「虧我還想聽一下當地的名勝呢。」

「你想知道什麼嗎？我可是在本地出生且生活已經二十二年了呢！」她一臉自信的說道。

我向李博士打了一個眼神，然後繼續向那名女孩問道：「那麼，你知道本地有一個可以穿越生死的秘密嗎？」

那名女孩聽過後，嚇得差點連餐盤都掉在地上。

她頓了一頓：「那個，有是有，不過在本地，那些被視為邪教，你們到底想怎麼樣？」

經溝通之後，才得知原來當地人向來聽天由命，關於這些不明所以的力量均被視為異端。

也是，如果人人都知道天命，逆天而行，這個就不得了了。

我睜大眼睛，看著她，問道：「你就不能告訴我嗎？」

她低著頭，過了好一會兒才答到：「我是不能告訴你了，不過我知道有一個人，他能帶你過去。」

說罷，她便拿出一張紙條，寫了一組號碼給我們。

我向那名女酒保報以一個微笑，以示感激。隨後我急急忙忙走出酒吧，撥通電話。

電話的另一端傳出一把老練沉穩的聲音：「誰？」

我咽了咽口水，才說道：「你好，聽說你可以帶我找到我想要的東西。」

那把聲音似是聽懂了什麼，提高音調說道：「聽你的口音不是熟人吧。」

「可是我們有迫切需要，所以……」

我語音未落，電話的另一頭出現了令人心寒的笑聲：「嘻嘻，可以啊。你們明天早上五時，帶齊行裝於城鎮北面集合吧。」說罷，他便掛上電話。

站在一旁的李博士好像也聽得見電話的內容，問道：「沒有大礙吧，聽起來好像有危險。」

我沉思了幾秒，然後回答李博士的說話：「可是，我們沒有其他更直接的方法了。」

李博士長長的呼了口氣，然後，我搭著他的肩膊一同離去。

第二天早上，我們收拾過後，整齊行裝便出發了。

來到相約的目的地，我們看見有兩個穿著一身白色長袍的本地人。相信，他們便是接頭人了。

我走了過去，用本地的語言問候：「你好。」

身型比較矮小的那一位，只是對著我低聲笑了笑，便轉身向樹林的方向走去。而他的另一位同伴亦開始跟隨他的腳步。

一連行走了幾個小時，卻依然涉足於漫身的泥濘之中，李博士終於也忍不住走過來問我：「我們到底在哪兒？我們究竟要去哪兒？」

這些問題，我打從心底也問了自己不下百次。我抬頭望向那兩名著裝詭異的男子，再極目四周，始終還是遮天蔽日的樹林。現在我們可以做的，就只有冷靜自己，繼續向前走，直至有出路為止，不然停在這裏，沒有什麼好結果的。

兩個白衣人之中，比較高挑瘦弱的那一位，好像聽到我們的對話，開始念念有詞的介紹起來：「這是城市以北的一片大叢林，在八百年前，本土的國王用他的武力征服了周邊幾個部落，成就了『大石刻』時代。隨後，年紀老邁的君王開始追求長生的方法，他四處尋找，不惜用上一切國力，去建造、去尋找、去發掘他所找到的一切。最後，他來到了這片土地，找到了一處地方，一處通往神界的地方。為此，他傾盡國力，最後人民流離失所，易子而食，所以這處地方被外界的一些愚羊又稱為不潔的地方，米達。」

「米達！」另一位比較矮小的人也一同跟著說著。

「米達」這個詞語，也許就是他們宗教的一些敬語了。不過，在聽完他們的闡述後，我更想快點到達這個地方，一試穿越神界的滋味。

走著走著，天色已近黃昏，那兩名教徒示意就地搭營休息，翌日繼續行程。很快，我們便搭起營帳篝火，一邊烤著自備的糧食，一邊聽著本地的一些神鬼故事。

「喝一下這個吧。」那名瘦弱的教徒一邊向我端出了一杯深綠色的飲料，一邊說道：「這算是我們這裏的一杯歡迎茶。」

我看著茶杯中的綠水，思前想後，不過也就是一杯飲料，有什麼大不了的，然後便起勁的「咕嘟哇嘟」吞下了。味道酸澀而清新，有一種說不出的感覺。

不知道是早起還是路途疲憊的問題，我很快便昏睡過去。直至，直至第二天醒來，才察覺到問題的嚴重性……

我們的行裝全都不見了……

我立馬從睡袋裏彈跳起來，四處尋找行李以及那兩名白衣男子，但到最後都一無所獲……

我立馬叫醒李博士，好讓他知道我們的處境。我走過去，輕輕的用手把他推醒，並叫道：「快醒來！情況不是太樂觀！」

李博士張著瞇矇的眼睛，半夢半醒依稀說道：「怎麼了嗎？」

「我們的所有行裝、糧食都被偷走了。」我說道。

「什麼？」李博士想把身子坐直，可是他的身體還有一股疲憊感。「啊！」他輕輕的叫了一聲，繼續說道：「怎麼好像很累，又全身酸痛的樣子。」

「我想，我們應該被人下藥迷暈了，他們的目的可能就是想偷走我們的東西。」我說。

「那現在我們該怎麼辦？」李博士略帶驚慌的問道。

「先冷靜下來，我們現在應該先收拾好離開這一帶，再作打算。」雖然我是這樣安慰自己沒有錯，可是看著一棵又一棵遮天蔽日的大樹，我也有點迷失方向。

不論怎樣也好，先離開這個範圍才是最重要的事情，不然一輩子待在這裏是不會有進度的。

就這樣，我們依循著太陽的方位，日出而作、日落而息的模式在叢林裏又走了幾天。這一路上，我們在走過的地方上都畫下了標記以防迷路。由於叢林內的傍晚時分比起城市的來得更早一些，而且晚上又不方便行走於樹林之內，所以一天可以用的時間並不算足夠。

每到晚上，我們便只是隨意搭起篝火，以作休息，更生怕有什麼生禽猛獸，所以我和李博士兩人都是輪更看守，以作警惕。

一到早上，運氣好的話，還能爬上樹偷取一兩隻鳥蛋以作充飢，不然就是看看有沒有肥美的蟲子加以飽肚。

「這樣子的經歷，夠我向孫兒們談起至少十次了！」李博士沒氣力的揶揄到。

我微微向李博士報以一個苦笑，以表示無可奈何。「慳點氣力繼續走吧，今天又不知道要走到什麼時候了。」我說道。

「你想這種會不會是他們行騙的一種手法？真卑鄙！」李博士罵道。

「事到如今，也沒有辦法啊，只能繼續往前走，離開這片密林再作打算。」我沒氣的說道。

篤地，我的背後突然傳來一記很大的聲響！

「砰！」

我應聲回望，原來是李博士體力不支，連日來的疲累，終於使他倒下了。

然而在這種情況倒下，無疑是一件非常危險的事情，難道連我也注定離不開這片密林了嗎？

我眼見天色尚早，便在附近找了一些藤蔓，把李博士綁在自己身上，背著一同行走，在將近入夜的時間我才紮營休息，務求儘快離開這片密林。

一連走了幾日都還未看見人造建築，我的體力也都差不多虛耗掉了。我背著博士，踏著失焦的腳步來到一條河流的旁邊，喝了一口水，就徐徐倒下了……

那一刻，我再也沒有氣力去支撐自己繼續前行……，那一刻，我覺得所有重擔如煙消雲散……

我任由自己的身軀倒泊在河水之中，任由河水的細流拍打我的臉龐……

我真的累了……

「哇啦……哇啦……」

其實，河水清脆的聲音總教人感到平靜……

我閉上了眼，在生命的最後一刻默默細嘗這自然之道。

諷刺的是，代表著生命川流不息的河水，竟是我的歸途，是上天開的又一個玩笑嗎？

「哇啦……哇啦……」

「哇啦……叮鈴……」

「咦？這是什麼聲音？」

「叮鈴……叮鈴……」

驀地，有一道比起河水更為清澈的聲音，敲進了我靈魂的深處……是風鈴。

這風鈴的聲音，是招我回家的嗎？

我慢慢的張開眼睛，適應著那代表生命的光輝。我再一次感受到陽光的耀眼，是多麼的美好。

我緩緩的伸個懶腰，適才發現我休息於一張木榻上。原來我真的還沒有離開人世。

環視四周，我發覺自己正身處一個房間之中，而這幢建築應該也有些年的歷史了。因為當中以我所見的一些橫樑門柱，牆身壁畫，都滿滿獨妙，卻又已經脫落部分。

以我知識所及，這所指的應該就是娑婆羅了。

我向另一騎樓的方向極目遠去，只能看見一些茂密的樹林。

「叮鈴……叮鈴……」風鈴的聲音再次響起。

「叮鈴……叮鈴……」

「有緣人，因什麼事情要你奮不顧身去追尋真相呢？」忽然，有一位身穿長袍的僧人坐立於騎樓的邊緣，問了我這樣一個問題。

一時之間，我所吸收的資訊量太多，我閉上眼睛，稍微整理一下如今的狀況，便開始細細聲的回應：「是求知欲，以及對人的承諾。」

那名僧人微笑說道：「這大千世界，包羅萬象，你能看透多少？」

我也笑著回應：「我所能吸收到多少，我就容納得多少。」

「好，很好。我欣賞你對『知』的這一份執著。」那名僧人站起身，向我的方向走過來，我本能地想把身子坐直起來，因為我意識到，接下來將發生一些不尋常的事……

可是，我動不了……

他拍了拍我的額頭，細聲說道：「歡迎來到另一個大千世界，現在你就慢慢睡去吧。」

他的語調似是有催眠的效果一般，使我慢慢的、慢慢的沉睡過去……

風聲習習，酣夢初醒，懶洋洋的從床上起來，因為新一天的工作又要開始了。

我，是一名醫生。在這個饑荒戰亂的年代，四處上門造訪為人診症是我的職責。不過，在這一刻，我卻不知道自己為何會熟悉診症……

好像就是我與生俱來的能力一般……

走到醫院，我很自然地用一種本地卻不是我熟悉的語言去跟同事說了句「早安」。那一刻，我覺得自己與這個世界有一種說不清的違和感。就連街上所看到的，都是我知道的，卻不是我熟悉的一切。

算了，管不了那麼多了，工作上的忙碌就夠我煩上幾個月的時間了，還是專心治病實際。

在這個偏遠的山區，各種營養缺乏症隨處可見，肚脹、夜盲、骨質疏鬆等等，這些病症在這裏就跟螞蟻一樣常見。當然，亦有其他比較嚴重的案例，而這些案例，就是我需要解決的問題。

於黃昏晚霞的時間，已經探訪了五大戶人家的我，終於來到了最後一名病人的家。

我從文件袋中拿出一份檔案，先行過目一下。哦，原來是一名農夫，狀況是寫著……精神失常？

這個範疇，好像並不在我的專業知識內呀……

不過，既然都已經來了，也是先進去之後再作打算吧。

我敲了敲屋子的木門，等了良久，門從裏面打開，迎面而來的是一名普通的農婦，就是比較年輕。

「你，就是那名醫生嗎？」她的聲音極其輕柔，如果她不是出生在錯誤的國度，也許她會成為另一個幸福的小女生吧。

我微笑到：「對，我就是那名醫師。」

「請進。」她說道。

我脫掉腳上的草鞋，走進了屋子的大廳，坐著等待。

那名農婦端了一杯水出來說道：「請用。」

我喝了一口，隨即問道：「病人呢？到底什麼事？」

「雖然病人的身子一直都很虛弱，但是精神一直處於健康的狀態，可是到了最近，他的精神狀況越來越失常……」她一邊坐下一邊說道。

隨後，她更是把農夫一直以來的精神狀況，娓娓道來。原來農夫有些許時間會發夢成為富翁，導致分不開夢境和現實，最離奇的是，他日復一日的都是發著成為富翁的夢，這可是太荒謬了。

大概介紹過後，她便引領我走過一條通道，進入了一個房間。

然後，我看見了他……

日落的餘暉，散落在他孤寂落寞的身上……

他，輕聲低語呢喃著：「求求妳，回來好嗎？」

第八章 歸途

我用手敲了敲門，示意我準備走進他的房間。

「你好，我是來聽故事的。」我對農夫說道。

直到這一刻，我看見農夫的樣貌，因為他一直都是背對著我，然而在他轉身的一剎那，我呆著了……

這個農夫，好像曾經在我的生命中出現過、遇見過，甚或是交流過，可是我卻想不起來。

「你終於來了嗎？我等了一輩子，等的就是你。」農夫微笑輕聲說道。

當下，我來不及反應，下意識反問一句：「什麼？你在等我？」

他用右手支撐住那佝僂的身體，慢慢站起來繼續說道：「對，我等的，就是你。我知道你會過來聽我的故事。」

這樣的情況，也難怪他是一個精神病患者……

可是，我並不知道該如何去應對這種情況，也只好順應其勢了。

「對，那麼請你訴說一下你的故事吧。」我找個位置坐了下來，準備耐心傾聽。

他隨即和顏悅色，張開口微笑，立刻坐下來並問道：「真的嗎？」

我點了點頭，示意他繼續。

他深呼吸了一口氣，然後問道：「你相信『前世今生』嗎？」

對於他這個問題，我竟然認真思考了一下，然後回答：「不，我是一個唯物論者，也就是我不信神佛那一套鬼話。我覺得，神佛之說只是為了讓人有死去的信心，又或是作為一個道德的框架，讓人依從做事。」

他搖了搖頭：「信則有，不信則無，那為什麼你會來到我跟前？」

對於他這種荒誕的問題，我也是啞口無言。

「算了，你可以來到這裏，就說明你有些特質，希望你能慢慢體會。」他繼續說道：「在東方，有分陽界陰間，陰間意指我們死去之後的亡界，細數罪孽，然後又放回陽間，而半生不死的人，意外地穿越陰間到達另一個陽間，就是我和你。」

聽到這裏，我更是不知所措，準備回應的時候，他又打斷我說道：「其實，除了接近死亡，還有一種方法達致這個效果，那就是『夢』。」

我皺了皺眉，不解的問：「夢？」

「對，你把世界想像成有一條分界線，有上下之分，上面就是我們處於的世界，而夢境這行為的發生，就是穿越那條分界線的一個行為。另一個世界，可以是未來的，也可以是另一個時空的，所以某些人就好像在你的生命中出現過一般。」他說。

剎那，我的思緒被他的言語所震撼，而我亦好像想起了什麼，可是又說不出來。

「我自小就有這種天賦，能夢見另一個自己。本來，大家互不干涉，各自的生活幸福美滿。可是，可是自從她離去之後，我害怕，我真的很害怕會失去她，忘記她，再也想不起她，所以……」

農夫語未畢，我就打斷了他的說話：「所以你就殺了另一個自己？」

「對的……」他答道。

其實那問題的答案，只是我下意識的回答，當下我只覺得思緒極其混亂，怎樣也說不通。

這一刻，時間恍似也停頓了下來，而農夫則率先打破了這個沉默：「如果不是這些該死的夢，我不會感到如此的失落、如此的害怕。」

他抬起頭來看著我問：「你有心上人嗎？」

我禮貌地微笑回應：「暫時沒有。」

農夫的表情有些許失落：「你可曾試過有那麼的一刻想與一個人同偕共老，永不分離？那種感覺很奇妙，亦很美好，你會希望用盡每一分每一秒的時間，去享受與她共度的時光……可惜，可惜的是，她已經不在了……」

他遲疑了一會兒，然後輕輕呢喃著：「又有誰，不害怕孤獨呢？」

我正想回應農夫的時候，他繼續說道：「你可知道有些生物如果太過寂寞也是會死去的，人類這個物種其實也如是，不知道金魚也是否會有這種心情呢？」農夫說完，輕輕微笑著，好像準備知道這問題的答案一般……

面對農夫一個又一個無稽的問題，我開始失去了耐性，回應著：「你是從什麼時候開始有這些想法的？我建議你到訪我們的醫療所，做一個詳細的檢查。」

他提起手中的杯子，啖了一口清茶，苦笑說：「講了這麼久，還以為你是有緣人，看來我自己的故事，注定只有自己能夠聽完。」

我差點大叫出來：「從頭到尾，我根本就聽不懂你那些風牛馬不相及的問題和答案，終究也不過是一些瘋言瘋語，你教別人怎能明白？」

他正視著我，一本正經的回應道：「本來，我打算讓你知道在我身上發生的事，既然如此，你我之間已經再沒有值得交流的地方，請回吧！」說罷，他舉起手，作出了一個送客的手勢。

我激動地拿起身邊的醫療包，一股勁地站起來，轉身便走，但當下我想多揶揄幾句，便掉過頭來指責他。

正當我準備破口大罵的時候，眼前的農夫低垂著頭，閉著眼睛，一動也不動，就好像……

好像睡著了，熟睡了一般……

我把身子靠過去，察覺到有淚珠從他的眼眶中溢出來，沿著他那黑得發紫的面流下來……

我輕輕的拿起茶壺，靜靜的把著自己的杯子，喝了一口清茶，然後慢慢的與農夫的，碰上了一杯……

「叮！」

「願你的故事有人知曉，願你的感覺受他人所知，也願你的痛苦隨離開肉身而消散……」說罷，我便轉身離去了。

原來這天晚上，一直，一直都很安靜……

沒有歡送，更沒有哀鳴，有的就只是靜靜落下的帷幕，原來生命的過程，其實可以這麼淡然。

我收拾好東西，沿路回到家中，洗了一個澡，便睡上了一覺。然後，我發了一個夢……

我夢見自己走到了一個池塘邊，始終東西不多，唯獨有幾瓣蓮葉和兩條金魚，牠們在池中戲水化浪，活得逍遙自在，就好像天上天下間，再沒有比當下更幸福的時間。

我蹲在池邊，細察池中，只見牠們漸游漸近，逕自盤旋，就好像在跟我打招呼一樣，正當我想伸手去摸的時候，牠們游尾一拍，把水花濺到我的身上，然後，我便醒來了。

我微微的睜開眼睛，漸漸重新去適應久別的光芒。我四處張望，只見自己身在一間潔白的病房之內，等待著接受檢查。

我在床上，還看見了李博士，而他亦躺在另一張床上，我正欲開口，卻又無從講起，索性閉上眼睛，休息一會兒……

經過一段日子的治療，我們一同出院，亦一起坐上飛機返回香港。

李博士在機上不斷向我望來，有口難開。我側頭向他道：「有話想說就開口說吧。」

他瞪著我良久，才開口說：「你找到你想要的答案了嗎？」

我想了想，回應說：「算是吧，如果你問的是兇手的身份。」

李博士又沉默了一會兒，然後說：「所以，你穿越了時間和空間，找到了農夫？」

我笑了笑，向李博士問道：「你，相信這個世界有『平行空間』一說嗎？」

李博士也笑著回應：「未被證實不存在的東西，我們沒有去拒絕相信的理由啊！」

我舉起手中的水杯，向李博士說：「那麼，願你的思想受世人所瞭解！」

其實，在日常生活當中，我們有很多時候都會發生「走神」的狀況，一旦回過神來，總會把當中的一些經過忘掉，但是會不會在我們走神的這一刻中，我們透過夢境，穿越了時間和空間，過上另一種生活，以致我們對有些人、有些地方或是有些時刻，總有種說不出的似曾相識的感覺……

而那一刻，正是另一個空間，或是前世來生的自己，暫借了你的生活呢？

或許，「莊周夢蝶」從來也不是一種美學，而是一種科學呢？

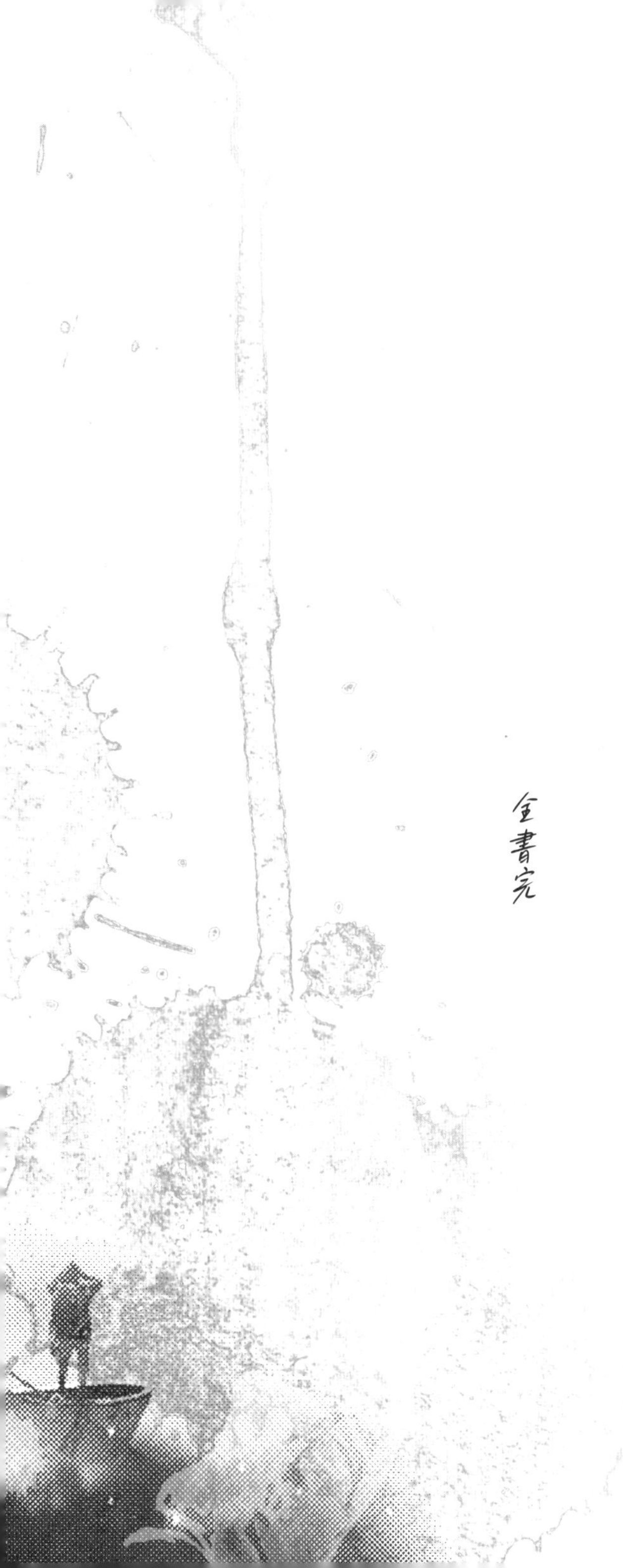

全書完

夢魚

作者：香少峰

編輯：Margaret Miao

設計：4res

出版：紅出版（青森文化）

地址：香港灣仔道133號卓凌中心11樓

出版計劃查詢電話：(852) 2540 7517

電郵：editor@red-publish.com

網址：http://www.red-publish.com

香港總經銷：香港新零售（香港）有限公司

台灣總經銷：貿騰發賣股份有限公司

地址：新北市中和區立德街136號6樓

電話：(886) 2-8227-5988

網址：http://www.namode.com

出版日期：2022年2月

ISBN：978-988-8743-77-3

上架建議：流行讀物／小說

定價：港幣68元正／新台幣270圓正